인생의 황금률

인생의 황금률

초판발행일 | 2019년 10월 19일

지은이 | 이상우
펴낸곳 | 도서출판 황금알
펴낸이 | 金永馥

주간 | 김영탁
편집실장 | 조경숙
인쇄제작 | 칼라박스
주소 | 03088 서울시 종로구 이화장2길 29-3, 104호(동숭동)
전화 | 02) 2275-9171
팩스 | 02) 2275-9172
이메일 | tibet21@hanmail.net
홈페이지 | http://goldegg21.com
출판등록 | 2003년 03월 26일 (제300-2003-230호)

값은 뒤표지에 있습니다.

ISBN 979-11-89205-48-5-03810

*이 도서의 국립중앙도서관 출판예정도서목록(CIP)은 서지정보유통지원시스템 홈페이지(http://seoji.nl.go.kr)와 국가자료종합목록 구축시스템(http://kolis-net.nl.go.kr)에서 이용하실 수 있습니다. (CIP제어번호 : CIP2019039252)

인생의 황금률

이상우 산문집

황금알

머리글

양심을 재는 자尺

우리는 각자 나름대로의 자를 하나씩 가지고 있다. 서로 다른 자로 사람을 재고 있는지 모른다. 사람들은 사회 지도층 인사들에게는 보다 엄격한 잣대로 평가하려고 한다. 물론 일반인이면 이해하고 넘어갈 일도 지도층에게는 엄격할 수밖에 없다. 그들에게는 지위에 걸맞은 의무감이 있기 때문이다.

국가도 마찬가지이다. 개발도상국의 일에는 관대하나 선진국에는 엄격한 잣대가 필요하고 인류 전체를 위해 많은 봉사와 노력을 요구하게 된다. 그만큼 세상에 미치는 영향력이 크기 때문이다.

절대선과 절대악을 제외하면 선악의 구별은 애매모호하다. 아무리 선이라 하더라도 조화를 이루지 못하고 조직에 나쁜 영향을 미친다면 악으로 취급된다. 반대로 악이라고 일반적으로 인정하는 일도 사회에 조화를 이루고 균형을 유지하면 선으로 바뀐다. 구체적인 상황에 따라서는 선악의 구별은 그 의미가 크게 줄어들고 시대와 상황에 적절하게 조화를 이루는 일이 인류의 행복을 보장하는 보증수표가 될 것이다. 절대적 자유와 평등은 존재하지 않는다. 다만 허용된 한에서만 인정될 뿐이다. 평등 없는 자유는 공허하고 자유 없는 평등은 교도소와 같다.

인생길은 외줄타기와 다를 바 없다. 조금만 잘못하면 엉뚱한 길로 빠지기 쉽다. 바른길로 나아가기 위하여 끊임없이 노력하는 자세가 필요하다. 이렇게 했을 때만이 인생이라는 시험에서 고득점을 취득할 수 있다. 되는대로, 바람 부는 대로, 물결치는 대로 인생을 맡긴다면 낙오를 면치 못하리니.

세상에 순수한 양심은 존재하지 않는다. 주어진 환경과 조건하에서만 인정될 뿐이다. 순수 양심이 존재한다면 그것은 창조주일 뿐 평범한 인간에게는 존재할 수도 없고 바라서도 안 된다.

위의 내용들을 전제로 하고서 나의 피와 땀을 쏟아 부어 이 책을 엮었다. 피곤한 몸을 뒤로 한 채 토끼눈으로 컴퓨터 앞에 앉아 혼신의 힘을 쏟아 이 글을 썼다. 지난 2월 설날을 시작으로 5월 말까지 약 4개월 동안 하루 한 편씩 쓴다는 목표를 세웠고 거의 목표대로 작업을 수행했다. 물론 습작은 미리 준비해 두었었다.

한마디 더 하자면 깨끗하고 순수한 사람일수록 자신은 외지고 한적한 길을 걸어야 한다는 사실이다. 세상 모든 이들이 혼탁한 길을 걷더라도 자신만은 깨끗한 길을 걸어야 한다. 그들처럼 더러운 길을 걸으면 세상은 더욱 추해지고 어려워지는 법이다. 하얀 백지 위에 얼룩이 있으면 더욱더 눈에 거슬리는 것처럼.

현생의 인류뿐만 아니라 선현들과 선배들 또한 내 글쓰기에 음으로 양으로 많은 도움을 주었다. 내 곁에서 끝까지 격려해 주고 도와준 아내에게 감사해 마지않는다. 그리고 우리 가족, 친지와 친구들, 이 세상 모든 이들에게 감사를 드린다.

마지막으로 이 책을 출판해 주신 황금알출판사 김영탁 시인님과 임직원 모두에게도 감사의 말을 전한다.

2019년 8월 저자

차례

제2부 더불어 살아가는 지구촌 시대

제3부 우리 겨레가 가꾸는 거룩한 이 땅

제4부 살며 사랑하며 빛이 된 사람들

제5부 자유로운 삶은 긍정적 사고에서

제6부 아픔을 딛고 다시 희망을 향해

제1부

나를 바라보며 이웃을 사랑하며

5분 시간

하루 24시간 중 5분이라는 시간은 짧은 시간이라고 할 수 있지만 또한 소중한 시간이 될 수도 있다. 아무리 시간을 많이 가진들 자기 자신만의 시간을 갖지 못한다면 그 의미는 퇴색될 수밖에 없다. 단 5분만이라도 자신을 위하여 보내고 존재 의미를 음미할 수 있다면 아주 소중한 시간이 될 수 있다. 자신의 무궁한 발전과 인생의 참맛과 향기로운 삶을 영위할 수 있다.

요즘 같이 각박한 삶의 일터에서 그냥 정신없이 하루를 살다보면 인격 수양과 도덕성, 그리고 자아 성찰과는 멀어질 수밖에 없다. 알찬 인생과는 점점 멀어지고 그저 동물적 생존본능만 살아날 뿐이다.

하루의 일을 마치고 고요한 곳에서 자신의 일과를 되돌아보고 행동을 반추하는 일이야말로 인간만이 누릴 수 있는 특권이다. 인간이 되도록 하는 아주 중요한 일이며 평범한 사람이라도 누구나 실천할 수 있다.

조용한 시간 오늘은 무슨 일을 하였으며 친구나 동료들과 무슨 이야기를 나누었는지 생각해 본다. 그리고 어떤 행동을 하였으며 무엇을 잘못하고 어떻게 고쳐야 하는지. 또 바른 행동과 따뜻한 위로의 말은 부족하지 않았는지 되돌아본다. 그리고 내 인생 목표는 무엇인지, 세상에 내가 해야 할 일은 무엇이고 내일은 어떤 삶을 누릴 것인지 반성도 하게 된다. 계획을 세우는 시간은 하루 5분이면 충분하다.

인격 수양과 반성을 거듭하지 않으면 동물적 본능이 언제나 자리를 비집고 들어온다. 그 녀석을 방치하면 나중에는 주인 노릇도 서슴지 않는다.

5분간은 인간이 되기를 시도하는 시간이며 더욱 풍요로운 삶, 건강한 삶을 이룩하기 위한 필수 과정이다. 5분은 자신을 위해서 아주 소중한 시간이며 건전한 사회를 위해서라도 필요하다. 돈 벌 궁리, 아가씨 사귀는 일도 중요하지만 그보다 인격을 쌓고 품행을 방정히 하는 것이 더욱 중요하다.

고민

인생살이에서 고민은 그림자처럼 우리를 따라다닌다. 이 글을 쓰면서도 어떤 이야기를 해야 하나 고민하고 있다. 행복한 고민도 있고 고통과 슬픔을 동반한 고민도 있다. 남의 고민은 쉽게 생각하고 가벼운 마음으로 조언도 할 수 있으나 당사자가 되면 어려운 문제든 쉬운 일이든 쉽게 결정하기 힘들고 당당히 털어 놓기도 쉽지만은 않다.

고민이 있으면 주위 사람들 중에 믿을 수 있는 사람, 입이 무거운 사람을 골라 상담하게 된다. 지혜로운 누군가에게 조언을 구하는 일이 중요하다. 대부분의 고민은 공개되거나 공표되기에 적합하지 않은 성질을 지닌다. 당사자의 입장에서는 더욱 그렇다.

하지만 혼자만 고민하다 보면 스트레스가 축적되고, 걱정으로 입맛도 없어지며, 생활에 활력도 떨어지기 쉽다. 행복한 고민의 경우에도 혼자만 간직하면 자기 만족감은 충족될지 몰라도 행복과 기쁨이 두 배, 세 배로 증가하지는 않는다. 무엇보다도 자신의 입장에서 이해할 수 있는 고민 해결사가 필요하다.

고민의 종류는 수 없이 많다. 이 사실을 알릴까 말까, 이 일을 할까 말까, 이것을 살까 저것을 살까, 식사는 무엇으로 대접할까, 청탁을 할까 말까, 공익을 위해서 비밀을 지킬까 폭로 할까 등 우리는 수많은 경우에 어떤 선택을 해야 할지 고민에 휩싸인다.

대부분의 경우 혼자 자라서 주위의 도움 없이 현재에 이른 사람은 별로 없을 것이다. 무엇보다 부모님의 도움과 형제자매들의 영향을 받았고 학교생활을 시작하면서 선생님의 도움과 또래 친구들이 협력해 주었다. 졸업 후에는 사회생활을 하면서 많은 사람들의 영향과 도움으로 오늘의 내가 있게 되었다,

나를 키워준 분들이 청탁을 해오면 고민을 하지 않을 수 없다. 단순히 나만의 문제로 해결될 일 같으면 고마웠던 분들의 부탁을 들어주는데 큰 어려움이 없다. 세상은 거의 모든 경우에 거미줄처럼 얽혀 있으니 개인의 감정만 가지고 청탁을 들어주면 본인은 물론 여러 사람들에게 누를 끼치는 사례가 무수히 많다. 자칫 자신의 모든 것을 잃는 경우도 생길 수 있다. 본인 스스로 공익이라는 기준을 만들어 그 기준에 적합한 경우에만 부탁을 들어주고 그렇지 않은 경우에는 단호하게 거절하는 것이 좋다. 그리고 시간을 가지고 숙고해야 한다.

살다보면 남에게 말할 수 없는 고민도 있을 수 있고 경우에 따라서는 무덤까지 가져가야 하나 하는 고민도 있을 수 있다. 말을 해도 어느 누구도 믿어주지 않고 관심도 기울여 주지 않을 것 같으면 아예 말하지 않는 것이 좋다. 물론 말 못하는 고민은 고문이 될 수도 있다. 그것도 하루 이틀도 아니고 몇 년 혹은 몇 십 년의 긴 고문이 될 수도 있다.

이런 경우에는 글로 남기면 된다. 고이고이 간직했다가 운명의 날이 다가왔을 때 임종 후에 보라고 전하면서 후배들에게 맡긴다. 고민해온 모든 문제들이 찬란한 태양 앞에 그 모습을 드러내도록.

공원

우리 부부에게 공원 없는 도시는 상상할 수 없다. 신선한 공기와 산들바람이 우리들을 반겨 주는 곳. 아름다운 공원이 있어 삶의 에너지를 충전하고 몸과 마음을 편안히 해주는 정말로 고마운 공원이다.

혹독한 한겨울의 며칠만 빼고는 거의 매일 공원을 찾는다. 우리 집에서 5분 거리에 있는 이 공원은 삼각지공원이라 부른다. 이름처럼 꼭 삼각형을 닮았다. 공원에는 낭만도 있고 사람 냄새도 맡을 수 있어 생기가 넘친다. 우리는 아직까지 에어컨이 없는 까닭에 여름이면 폭염도 피하고 분수대 아래에서 물놀이하는 어린이들을 보면 더위가 한풀 꺾이는 것 같다.

공원에서 가끔 지인을 만나 시원한 캔 맥주를 한 잔 마시는 낭만도 즐긴다. 덤으로 산책도 하며 사색하고 새들의 지저귐을 감상하며 나무 그늘 아래서 독서도 한다. 여름이면 수요음학회가 열려 한여름 밤의 더위를 시원하게 식힌다. 밤하늘에서 은은한 빛을 내는 달과 별들이 운치를 더해준다.

이런 공원을 뒤로하고 이사를 해야만 하는 일이 생기다니 참으로 답답한 심정이다. 그런데 신의 은총일까? 경남대가 있는 월영동으로 이사를 했는데 이곳에는 우리 집 뒤가 공원이고 또 걸어서 5분 거리면 조금 더 큰 공원이 자리 잡고 있다. 운명의 여신에게 감사할 수밖에.

이곳 공원에 터를 잡고 일기 불순한 날을 제외하곤 우리 부부는 산호동에 있을 때와 마찬가지로 산책도 즐기고 운동도 하며 데이트 겸 부부애를 가꾼다. 호젓한 밤에 아내와 손잡고 공원을 거니는 재미가 세상 무엇과도 바꿀 수 없다. 바로 여기서 행복을 마음껏 누린다.

나

나는 어떤 사람이 되고 싶을까? 누구나 어린 시절에 꿈꾸는 과학자, 대통령, 장관, 장군 등을 존경하고 훌륭한 사람이 될 것이라고 자신의 미래상을 그리며 성장했을 것이다. 나 역시 마찬가지다. 중·고등학교를 다니면서 조금은 사회 현실을 자각하게 되고 공무원이나 최고의 엔지니어가 되기를 꿈꾸었다.

고등학교는 공업고등학교, 대학은 지방에 있는 대학에서 행정학을 전공했다. 학창시절에 고시를 동경한 적도 있었고 군 전역 후에는 무서울 정도로 공부에 매진한 적도 있었다, 물론 밥벌이도 중요한 목표였지만 출세도 하고 싶었고 돈도 많이 벌고 싶었으며 권력과 명예도 가지고 싶었다. 지금도 고시원이나 도서관, 독서실에 앉아 있는 친구들을 보면 자신에게 솔직하라고 말하고 싶다. 허영을 가지면 실리를 챙기기 어렵다고. 열 번 찍어 안 넘어가는 나무 없다고.

10년 공부 나무아미타불이라는 말이 있듯이 시험과 학문의 성취는 별개이니 10년을 공부하여 합격의 영광을 누리지 못했다면 이제 그만하고 실리를 챙기라고. 자신을 가장 잘 아는 이는 자신뿐이라고 말리고 싶다. 힘들겠지만 밥벌이를 하면서도 뜻만 있다면 학업은 계속할 수 있다. 나도 고된 3D 업종에 종사하면서 충혈된 눈으로 이렇게 읽고 글을 쓰고 있노라고.

지금은 풍족하지는 않지만 조그마한 아파트 한 채를 구입하였고 비교적 안정적인 직장에서 적지만 고정적인 수입이 있다. 생활이 불안하지는 않다. 물론 밥벌이는 내가 해야 할 일이고 글 쓰는 것은 내가 하고 싶은 일이다. 해야 할 일을 충실하게 하다보면 하고 싶은 일을 할 수 있는 기회가 자연스럽게 찾아오는 것 같다.

작은 소망이 있다면 나 때문에 아내가 가슴 아파하지 않으며 부모 형제가 잠 못 이루는 날이 없도록 하는 것이다. 연로하신 어머님 건강하게 지내다가 먼 나라로 가시는 것이다.

친구들에게도 도움이 되며 직장에서도 나 때문에 고통을 받거나 어려운 일이 일어나지 않기를 바랄 뿐이다. 누구에겐가 도움이 되는 사람이 되고 싶다. 나 혼자만의 바람이 아니고 모든 지성인들이 자신 때문에 고통 받는 이웃이 없는 세상에 살고 싶을 것이다.

나의 하느님

나의 하느님은 당신이 창조하신 세상을 몸소 체험하셨다. 먼저 고통을 경험하고 그 고통의 4분의 1 정도만 세상 사람들이 경험하도록 했다. 당신이 창조한 이 세계가 정말로 살맛나는 세상인지 잘못된 점이 있다면 무엇인지를 알기 위해 보통 평범한 인간보다 한두 수쯤 양보했다. 어찌 보면 약간 어리숙한, 그리고 너무 평범한 모습이다. 갑남을녀로 세상을 영위하면서 부패하고 부조리한 세상 생존하기 위해 목숨 걸고 투쟁하며 사회의 가장 추악하고 더러운 생활도 마다하지 않으셨다. 자신이 일자一者라는 사실도 잊은 채 몸소 체험을 했다.

먹고 사는 문제가 얼마나 숭고하고 힘든 일이고 거룩한지는 세상을 경험하지 않고는 알 수 없는 법이다. 당신이 만든 세상에 스스로 평범하게 되어 하느님이라는 사실도 기억하지 못한 체 그야말로 보통 사람과 평등하게 지냈다. 오히려 조금은 불리한 조건에서 삶의 전쟁터를 전전하며 모든 고통과 즐거움을 평범한 우리와 함께 나누었다.

일자의 능력은 무한하나 그도 한 인간으로서 사생활을 보호하기 위하여 자신의 능력을 스스로 금제해 놓았다. 인류 존속의 절체절명의 순간이 아니면 금제를 풀지 않는다. 어쩌면 바로 당신 곁에서 담화하고 있는 사람, 한 잔의 맥주로 갈증을 해소하는 동료, 아니면 무

더운 여름날 땀을 비 오듯 흘리며 폭염 속에서도 생존하기 위해 노동을 하는 우리의 벗이자 친구, 이웃이 바로 일자일 수도 있다.

일자의 능력은 무한하나 스스로 평범한 인간과 동일하게 만들고 존망의 큰 위기가 아니면 스스로 금제를 풀지 않는다. 만약 자신이 일자라는 자각을 못하고 능력이 없다고 인식할 때조차 일자는 언제나 세상이 자신을 원하면 떨쳐 일어설 것이다. 양심이 자신을 원하면 역사가 바보라고 기록하고 정신 나간 이라고 세상이 비웃더라도 한 목숨 기어이 세상에 기부할 것이다.

나의 하느님은 이 험한 세상 한평생 살다가 마지막 순간까지 모든 생물이 추하고 아름답지 못한 모습으로 익어가는 이유를 모른다. 자신은 아름답고 만족스런 모습으로 마지막을 맞이하고 싶었다고. 억지로 변명을 하자면 추한 모습으로 가야만 세상에 지은 죄인 같은 모습이라고. 그리고 추한 모습으로 가니 세상 사람들이여 빨리 나를 잊으라고 한다. 그리고 개인의 역사를 남기고 간다.

사랑하는 사람을 남겨두고 조금 더 인간답게 살 것을 뉘우친다. 조금은 여유롭게 인생이라는 큰 틀을 바라보면서 아쉬움과 후회를 한다. 다시 한 번 태어난다면 더 멋진 인생길을 걷겠다고 하면서 살아온 길을 되돌아볼 것이다. 무엇보다 지인들에게 아름다운 향기로 남느냐 아니면 삼 년 묵은 체증이 내려가는 것처럼 시원함을 남기고 가느냐 이것이 중요하다.

아름다운 이름이냐 추악한 이름으로 남느냐 하는 것은 가족과 이웃, 사회와 국가, 인류의 손에 달렸다. 고인이 원한다고, 많은 재산과 사회적 지위를 누렸다고 묘비에 새긴들 무슨 소용이 있겠는가.

무엇을 가져가는가? 공수래공수거空手來空手去, 빈손으로 왔다가 빈손으로 간다고 한다. 엄청난 돈, 높은 지위, 권력과 명예 등 이승에서 거의 모든 사람들이 추구하는 것도 그리 중요하지 않다. 어떻게 살아왔느냐 하는 것이 더 중요하다. 세상 사람들이 아무도 알려고 하지 않고 알아주지도 않는 인생길을 걸었지만 명예를 남기는 것은 대단히 중요하다. 모든 종교의 가르침이 그러하듯 저승세계의 심판관들은 사생활뿐만 아니라 모든 행위를 종합하여 심판한다. 물론 인간이라는 불완전한 존재에게 신처럼 완벽을 요구하지도 않을뿐더러 완벽한 삶이란 불가능한 일이다.

자신의 운명이 준 한계 내에서 다시 태어나도 똑같은 길을 걷겠다고 말할 수 있는 사람은 많지 않다. 자신의 인생이 자랑스러운 사람은 저승까지 가져갈 수 있을 것이다.

내 친구들

친구 따라 강남 간다는 말이 있듯이 굳이 관포지교管鮑之交를 말하지 않아도 좋은 친구는 인생에 큰 도움이 된다. 벗이 있어야 인생이 살찌고 풍요로울 수 있다. 자신을 알아주는 친구를 지음知音이라고 했다. 단 한 명의 지음을 얻을 수만 있어도 인생은 외롭지 않다.

그러나 지음은 아니더라도 다양한 부류의 친구를 사귄다면 세상 돌아가는 이치를 알 수 있다. 지금은 세상에 살아남기 위하여, 또 나만의 시간을 갖기 위하여 발버둥친다. 경제적 이유 등으로 친구들을 직접 대면하는 일에 소극적이다.

그러나 가끔씩 전화를 통하여 안부를 묻고 소식을 주고받는다. 아무 배경 없이 홀로 자립하려는 어떤 친구는 술을 좋아하지만 월급날 하루만 술 마시고 다음 월급날이 될 때까지 술을 입에 대지 않는다고 한다. 부부가 함께 직장생활을 하지만 자립하기 위해서이다.

또 어떤 친구는 직장에서 점심을 먹는 외에는 외식을 하지 않는다. 저녁도 사먹지 않는다. 그리고 10시에 집에 도착하면 그제야 비로소 저녁을 먹는다. 물론 하루 이틀에 습관화된 것은 아니지만 돈을 아끼기 위해서다. 하지만 담배는 피운다. 제일 싼 걸로 피우는데 담배를 인생의 낙으로 삼는다고 했다.

반면에 다른 친구는 아무리 직장을 다니고 돈을 벌어도 수중에 돈이 없다. 우선 기분 내는데 익숙하고 분위기만 찾으며 내일이라는 것이 없다. 그러나 자기 나름대로는 아끼고 절약하며 미래를 생각한다고 하면서도 세월 흐르는 것을 안타까워한다. 분위기가 자신을 그렇게 만든다고 한다. 좌석에서 위신을 세우려고.

또 이런 친구도 있다. 벗이 찾아오면 언제나 반갑게 맞아주며 능력껏 접대를 한다. 자신을 위해서는 돈을 무척 아끼지만 보증을 잘못 서 준 바람에 월급의 반밖에 수령하지 못한다. 세상 살기 싫은 모양이다. 지금은 연락을 완전히 끊고 있는 상태다.

나도 스스로를 위해서는 거의 돈을 쓰지 않는다. 유흥비 지출 또한 거의 없다. 술을 마셔도 2차 3차는 가지 않는다. 막걸리 아니면 소주 딱 한 잔으로 만족한다. 그래도 친구를 만나면 식사와 소주 한 잔 정도는 대접한다. 기껏해야 국밥 한 그릇이다. 경제적 여유가 없기 때문이다.

그래도 우리들의 우정은 단단하다. 이런 사정을 알기에 친구들은 나름대로 식사며 술, 관광까지 시켜준다. 물론 큰돈은 아니지만 친구라는 이름이 고맙다. 나머지 친구들은 내가 대접한다. 어렵게 지내는 친구가 없지 않으므로 그저 국밥 한 그릇, 막걸리 한 사발이지만.

아무리 어렵더라도 소식이나 전하며 살자 친구들아. 큰 도움을 주고받을 수는 없으나 따뜻한 말 한 마디가 위로가 될 수 있고 말동무라도 될 수 있다. 동무들에게 자존심 세울 필요가 있겠는가. 친구들 위에 서려고 하지 않는 이상 잘 되어 본들 우리는 세상에서 가장 평등한 친구들이라는 것을 잊지 말자.

내가 존경하고 싶은 사람

세상에서 존경해야 할 사람은 많다. 나를 낳아준 부모님을 비롯하여 국가에 충성한 많은 선조, 동시대인, 인류의 평화를 위해 노력한 지구인, 문명과 문화발전에 기여한 모든 분들은 존경해야 마땅하다. 고난과 역경을 극복한 모든 이들, 자기 자신과의 싸움에서 이긴 자들도 존경해야 한다.

진정으로 마음속 깊이 존경하고 싶은 사람은 따로 있다. 세상 모든 사람들을 용서하고 나서 자신은 맨 나중에 용서하고, 힘든 일 괴로운 일은 자신이 먼저하고 나서 다른 사람들에게 기대한다. 정책의 혜택도 세상 모든 사람 즉 제일 취약계층부터 시작하여 부유한 계층까지 부여하고 자신은 제일 나중에 이득을 본다. 부담은 자신이 먼저 지고 그 다음 기득권 계층, 소외 계층 순으로 한다. 그리고 공정성, 객관성, 합리성을 가지고 자기 길을 묵묵히 걸어가는 이들을 진심으로 존경하고 싶다. 이런 사람은 우리 모두 존경해야 한다.

사람들은 공부 잘하고 머리 좋아 고시합격의 영광을 누리는 사람, 운동을 잘하는 세계적 슈퍼스타, 천재적인 예술가, 돈 잘 버는 기업가, 의사 등 전문 직업을 선망한다. 그런 사람들을 존경했다면 이제부터는 과감하게 생각을 바꿔라. 아무리 사회적 지위가 하찮고 돈이 없으며 개인적 명성이 낮다 하더라도 인간 됨됨이가 제대로 된 사람으로 존경의 대상을 바꾸어야 한다. 그러면 이 세상은 밝은 빛이 드는 양지가 될 것이다.

주위 사람들을 존경할 수 있도록 장점을 하나하나 적어 보자. 아무리 평범한 사람이라도 존경할 점은 많다. 서로 아끼고 존경하며 장점을 공유해 보자.

내가 지은 가장 큰 죄

내 죄는 낭비벽이다. 보통 낭비라면 돈과 재물, 음식 등을 생각하기 쉽다. 그 보다 시간을 낭비하는 것은 개인이나 조직, 단체나 국가를 불문하고 가장 큰 죄가 아닐 수 없다. 다른 모든 낭비는 보충하면 그만이다. 그러나 시간을 낭비하는 것은 무엇으로도 되돌릴 수 없다. 인생을 살면서 가장 소중한 것은 시간이다. 누구나 하루 24시간을 평등하고 공평하게 나누어 가졌다. 하루가 모여 1년이 되고 그것이 쌓여 인생 자체가 된다.

모든 일에는 시기가 있고 때가 있게 마련이다. 인간의 노력으로 어느 정도까지는 극복할 수는 있겠지만 이 시간이라는 것은 두 번 다시 되돌릴 수 없다. 심지어 단 1초라도 지난 것은 어떤 희생과 노력, 재물로도 되돌릴 수 없다. 세상의 어떤 값진 재화와도 바꿀 수 없는 소중한 존재가 시간이다. 무심히 보내는 시간을 소중한 시간으로 바꾸지 않으면 안 된다.

아무리 좋은 말이나 재물, 음식이라도 타이밍이 있으며 적절한 때에만 효과가 있다. 시기를 놓치면 아무 쓸모가 없거나 오히려 부작용만 초래할 수 있다. 시간을 잘 사용한 자는 성공적인 인생길을 걸을 수밖에 없다. 가장 지혜롭고 현명한 자이다. 인생길을 뒤돌아볼 때 적게나마 시간을 낭비하지 않은 사람은 없을 것이다. 태초의 인류에서부터 미래의 인류까지 그들이 낭비한 시간 속에서도 무언가를 얻을 수 있다. 교훈을 삼을 수 있는 자라면 현명한 자이고 인류의 앞길을 밝게 비출 수 있는 등불이자 태양이 될 수 있는 지혜로운 자이다.

시간은 황금보다 귀중하고 목숨보다 소중하다. 공자님께서도 빈둥빈둥 할 일 없이 시간을 보내는 것보다는 차라리 노름이라도 하는 편이 낫다고 했다. 재산을 탕진하는 도박은 몹쓸 짓이겠지만 시간을 허비하지 말고 무엇이라도 하라는 성인의 말씀인 것 같다.

시간의 낭비란 그냥 빈둥거리며 노는 것은 물론, 쓸모없는 일에 정력과 에너지, 시간을 소모하지 말라는 것이다. 자신의 본분에 충실하고 희망과 꿈을 향해 정진하라는 뜻이다. 자기 개발과 우정과 사랑, 가족과 사회, 국가와 인류의 복지에 도움이 되는 일이 무엇인지 일을 찾으라는 뜻일 게다.

그렇다고 죽도록 일만 해서도 안 된다. 결코 잠자는 일이나 휴식이 시간의 낭비라 생각하면 안 된다. 에너지를 보충하는 일이요, 건강을 지키는 일이다. 스트레스를 해소할 수 있는 취미생활도 꼭 필요하다.

비염

인간이 완벽하지 못한 것은 당연한 것 같다. 정신적으로나 육체적으로도 불완전할 수밖에 없는 존재다. 더 힘든 것은 정상인 것같이 보이나 사실은 사회적 보호와 배려가 필요한 때가 있다. 그런데도 남들이 이해하지 못하는 경우는 정말 곤란하기 짝이 없다.

나는 지독한 비염환자다. 병원에서 체질 검사를 해본 결과 등급이 1부터 4까지 있는데 4가 가장 중증이다. 알레르기 발생 등급 중 3이 두 가지, 4가 두 가지 종류의 원인자로부터 알레르기 반응을 보인다는 결과가 나왔다.

어느 정도로 불편한지는 일반 사람들은 이해할 수 없다. 어릴 때부터 침을 많이 뱉어냈고 학창 시절에는 콧물도 많이 흘렸다. 몸에 좋다는 여러 가지 처방을 해보아도 그때뿐 불편한 것은 매한가지였다. 의사 선생님들은 콧물이 나오고 분비물이 나오면 뱉어내라고 조언을 한다. 그러나 시도 때도 없이 나오는 분비물을 아무 장소에서나 처리할 수도 없고 어떤 때는 삼킬 수밖에 없다. 그런 상황이 오면 심리적인지 몰라도 배가 아프다.

길을 걷다가도 침 반 콧물 반이 섞인 분비물을 뱉어 내게 된다. 공중도덕이란 것이 있기에 남의 눈치를 보아가며 해결한다. 혹시라도 손수건과 화장지를 두둑이 준비하지 못하고 승차를 하면 창가에 앉아야만 창문을 열고 해결할 수 있다. 그러면 뒤따라오는 차에서 경적을 울린다. 심한 경우에는 뱉은 지 1분도 채 안 되어서 분비물이 다시 나오는 경우도 있다.

아침에 일어나면 머리 위에는 화장지가 수북이 쌓인다. 입안과 목에는 분비물이 가득차서 해결하려면 상당한 수고와 고통이 뒤따른다. 그런 후에야 정상적인 일상을 시작할 수 있다.

신약도 먹고 병원도 이용하며 한약도 복용해 해보았지만 별무신통이다. 그 당시만 약간의 효험이 있고 시간이 지나면 원 상태로 돌아간다. 또한 재치기도 수시로 나오며 모르는 사람은 사래 걸렸느냐고 묻는다.

길가에 실례를 하니 이런 아픔을 모르는 사람은 흉을 보며 비난을 한다. 이렇게 비염이 중증인 사람은 남에게 혐오감을 주지 않으려고 노력하지만 어쩔 수 없이 공중도덕을 침해할 수밖에 없다.

나는 이러한 고통을 너무나 잘 알고 직접 경험하고 있다. 비염환자의 고충은 이만 저만이 아니다. 수세미가 비염에 효과적이라 하여 엑기스를 만들어 먹고 있지만 효과는 미미하다. 그런데 최근 작두콩과 같이 먹으니 증세가 많이 호전되었다.

아내

사랑하는 아내가 있어 행복하다. 일에 지쳐 만사가 귀찮게만 여겨지는 때에도 가정에 돌아오면 반갑게 맞아주는 아내가 있어 다시 생기를 회복한다. 원래부터 머리에 들어있는 것은 먹물밖에 없는 내가 이렇게 힘든 일을 하다니. 조금은 안쓰러워하는 아내가 "오늘은 일이 힘들지 않았어요? 견딜만 해요? 내일은 출근할 수 있겠어요?" 하고 물어본다.

그러면 나는 아내에게 이렇게 대답한다.

"그냥 놀면 심심한데 직장에서 적당히 일하면 운동도 되고 돈도 벌며, 사회란 것을 배우니 나의 학교이자 놀이터이지."라고.

아무리 힘들고 피곤해도 아내에게 힘들다는 소리, 스트레스 때문에 직장 가기 싫다든가 직장동료들을 비난하는 말을 하지 않는다. 하지만 아내는 내 얼굴만 바라보아도 오늘 얼마나 피곤한지, 눈은 충혈이 안 되었는지, 스트레스를 얼마나 받았는지 대충 감을 잡는다.

누구든지 같은 방을 쓰면 다툼이 있게 마련이다. 심지어 이런 말도 있다. 공자님도 누군가 같은 방을 쓰면 싸울 수밖에 없다고. 부부는 일심동체라고 하지만 똑같이 평등하면서 각각 다른 인격체이기에 의견이 다를 수도 있다. 일방적으로 양보를 요구할 수도 없기에 다툼이 생길 수밖에 없다. 일생을 해로하려면 너무 지나치지 않을 정도의 다툼은 있어야 한다. 다투기 싫어서 참고 양보만 하다보면 너무 지치고 힘이 들어 돌이킬 수 없는 상태가 될 수도 있다.

사랑하는 아내는 내가 아무리 적은 돈을 벌어 주어도 불평하지 않는다. 적으면 적은대로 살림을 하면서도 그래도 조금이나마 저축을 한다. 가장 친한 친구이자 연인이다. 남에게 말 못하는 고민이 있어도 아내는 다 이해해 주며 받아준다. 아직은 세상 물정 잘 모르지만 그 순수성이 다 커브하고도 남는다. 이런 착한 아내이기에 나도 아내를 실망시키는 행동은 가급적 삼간다.

오늘도 지친 몸을 이끌고 가정으로 돌아오면 반갑게 맞아 저녁상을 준비하는 아내가 있어 나는 행복하다. 이런 아내를 나에게 선물한 운명의 여신에게 감사를 드린다. 결혼 당시에는 교회를 다닌 아내이지만 내가 교회에 비 친화적인 발언을 하여도 다 이해하여 주었다.

종교는 종교고 가정은 가정이라고 하면서. 지금은 교회에 나가지 않고 시어머니 친정아버지 섬기는 데 열중한다. 가정은 우리 부부의 에너지를 충전하는 충전소이며 행복을 증명하는 보증수표이다.

어머니

어머니. 언제 어느 때 불러도 정다운 말이다. 세상의 모든 어머니들이 다 그렇듯 우리 어머니도 당신의 인생은 뒷전으로 미루고 가족과 자식들을 위해 봉사와 희생을 하신 분이다. 언제나 하시는 말씀은 당신이 행복하고 잘 되는 것보다 자식들 잘 되고 행복한 것이 더 낫다고 하셨다.

하지만 89세라는 숫자가 말해주듯 연로하시어 기억도 잘 못하시고 거동도 힘들어 하신다. 자식 사랑이 어느 어머니보다 깊고 우리 형제들을 바르게 키우셨다. 물론 우리 형제들이 크게 출세를 하였거나 부자는 아닐지라도 남에게 피해를 주지는 않았다. 지탄받는 일 따위는 아예 생각지도 않는 그야말로 법 없어도 잘 살아갈 사람들이라고 주위 사람들이 말하곤 한다.

어머니께서는 윤리 도덕이 투철하시어 우리 형제들을 매우 엄격하게 키우셨다. 부지런하고 근검절약의 표본이 되시며 공부하겠다면 자신의 모든 것을 희생하는 분이셨다.

이제는 명석하고 총명한 당신의 기억을 흐르는 세월 앞에 모두 내려놓고 인생의 말년을 그저 자식들이 한 번씩 찾아오는 낙으로 지내시는 것 같다. 어머니는 시골에 혼자 지내신다. 월요일부터 토요일까지는 도우미가 보살펴 주고 일요일에는 우리 형제들이 돌아가며 어머니를 찾는다.

나는 단 하루도 거르지 않고 어머니에게 안부전화를 드린다. 그저 목소리만 들어도 반가워하시는 어머니. 자식이 힘이 되고 든든하다고 하신다. 자식들이 보고 싶다고 하지만 밥벌이가 쉽지 않은 세상이다. 각자 제 할 일이 있다 보니 형제들이 돌아가며 고향에 계신 어머님을 뵈러 가는 도리밖에 없다. 이런 마음을 어머니께서는 이해하여 주시며 전화라도 매일 드리면 고맙다고 하신다.

어머니란 존재는 낳아주고 길러준 은혜보다 헤아릴 수 없이 커다란 사랑이다. 어떤 씨앗이든 잘만 키운다면 나름의 훌륭한 나무로 성장할 수 있다. 세상 모든 어머니들은 자식 잘 되게 하려고 무진 애를 쓰신다. 아무리 힘들어도 자식만 바르고 잘 살게 된다면 어떤 희생도 감수하신다. 사람은 누구나 자식이다. 그리고 모든 사람들이 아버지와 어머니로 살아가게 된다.

생전에 효도를 맘껏 하고 싶지만 현실은 만만치 않으니 어쩌랴. 어머니는 인생의 전부를 자식들에게 헌신할 수 있으나 자식들은 인생의 반도 어머니에게 바칠 수 없다. 마음만 가지고 효도라 한들 무슨 소용이 있겠으며 실천에 옮기지 못하는데 어찌 효도라 할 것인가.

나의 어머니, 너의 어머니, 세상의 모든 어머니들. 어머니란 그 이름 하나 때문에 평생 희생과 봉사를 하신 당신들께 머리 숙여 경배를 드린다.

죄인

너와 나 할 것 없이 우리는 모두 죄인이다. 성경의 원죄론을 이야기하는 것이 아니라 가만히 생각해 보면 조물주가 만물, 특히 인간을 완벽하게 만들지 못했다. 그런 면에서 조물주는 죄인이다.

부모는 자식을 바르고 건강하며 훌륭하게 키우지 못한 죄인이다. 자식은 부모의 마음을 편하게 해드리지 못하고 애를 태웠다. 항상 자식 걱정으로 부모를 힘들게 하고 잠 못 이루게 한 불효자이며 죄인이다. 또 자신을 돌보듯 친구를 돌보지 못해 죄인이다. 선생은 제자들을 훌륭하게 지도하지 못한 죄 가볍지 않으며 제자는 선생님을 공경하고 받들지 못해 스승의 기대를 저버린 죄인이다.

국가와 사회는 법 없이 살 수 있는 여건을 만들지 못하고 범죄를 예방하지 못한 죄가 크다. 아직도 생존권이 위협받을 정도의 가난한 이웃이 있고 국민 모두가 윤리와 도덕이 넘치는 따뜻한 사회를 이룩하지 못한 죄를 졌다.

개인은 아무리 어려운 조건, 아무리 열악한 환경이라도 항상 긍정적으로 생활하지 못했다. 절망하고 원망하며 또한 모든 사람들을 섬기지 못했다. 심지어 갑질까지 한 죄인이다.

하지만 하느님은 인간 스스로 판단하고 행동하도록 선악의 선택을 자유의지에 맡기고 스스로 완벽한 인간이 되도록 양심과 반성, 노력이라는 무기를 선물하였다. 부모는 자식들을 먹여주고 길러주었으며 훌륭한 사람으로 성장하기를 밤낮으로 기도하였다.

자식들은 부모를 기쁘게 해드리려고 나름대로 효자 효부처럼 행동했다. 교사는 나름의 직업의식과 사명으로 제자들을 바른 사람, 국가와 사회에 봉사하며 인류의 평화와 번영에 이바지할 수 있는 인재를 만들고자 노력했다. 제자들은 학문과 인격, 건강을 갈고 닦아 인간세상에 꼭 필요한 사람이 되고자 노력해 왔다.

친구들은 서로 의지하고 지켜주며 그야말로 진실한 벗이 되고자 우정을 가꾸었다. 국가는 국민의 안전과 재산을 보호하며 교육에 힘써 인재를 발굴하고 키웠다. 사회는 어떤가. 아무리 어려운 환경에 처한 사람들에게도 희망을 주고 사회의 일원이라는 동질감을 느끼며 배려해 왔다. 이런 노력을 하기에 우리 모두는 죄인이지만 또한 나름대로 존재 의미가 있다.

'용장 밑에 약졸 없다'는 말이 있듯이 훌륭한 국민은 건강한 나라, 안전한 사회, 인류 전체에 봉사하는 국가를 만든다. 인간 개인에 대한 시련, 어떤 민족이나 국가에 대한 시련, 인류 전체에 대한 고난과 시련을 극복하는 과정에서 지혜를 얻게 되면 그 깨달음을 디딤돌로 삼아 더욱 크게 성장하고 발전의 거름이 되고자 노력한다.

조물주는 고기 잡는 법, 밥 짓는 법을 가르쳐 주고 기회도 만들어 주지만 밥을 먹여 주지는 않는다. 이것은 인간 스스로가 해야 할 몫이다.

직장 생활

자기 능력에 맞게, 상황에 맞게, 형편에 맞게 하라는 이야기는 중용을 지키라는 말인 듯하다. 그러나 중간만 지키려고 하다보면 회색분자나 기회주의자가 되기 쉽다.

직장이든 사회든 초심을 잃지 말고 자신이 아플 때, 힘 없고 고달플 때 어떤 마음이었는지 생각해 보아야 한다. 아무 것도 모를 때 누군가 도와주기를 바랄 때의 심정으로 돌아가 똑같이 다른 이에게 대해줄 때만이 평등을 지키는 일이다.

자신이 실수했을 때처럼 타인에게도 똑같이 대해주는 것 또한 평등이다. 사회생활이나 직장생활도 똑같은 기준을 가지고 모르는 이에게는 친절히 가르쳐주고 비숙련공에게는 숙련공이 될 때까지 기다려 준다. 몸이 적응이 안 된 신입들에게는 몸이 적응 될 때까지 기다려 주는 미덕이야말로 인간적인 사람이고 더불어 살아가는 사회인이라 할 수 있다.

내가 근무하는 직장은 노동의 강도가 세다. 어떤 동료는 텔레비전의 극한직업에 신청해 보자고 한다. 군 생활보다 두 배는 더 힘들다고 한다. 대부분 우리 동료들은 팔 다리, 손목과 어깨, 특히 허리에 무리가 많이 와서 직장을 그만 두는 이가 적지 않다. 이런 일에 단련된 고참들도 대부분 아프지만 일을 처음하는 신참들은 그야말로 죽을 맛이다.

나도 처음에는 너무 힘들었고 병원도 몇 번이나 방문했었다. 이런 일을 하다 보니 적응이 안 된 신참과 적응된 고참하고 생각이 다를 수밖에 없다. 고참들이 보기에 신규들은 일을 안 하고 게으름을 피운다. 같이 일하면 스트레스를 너무 많이 받는다고 고참들이 나에게 이야기하곤 한다.

사실 요즘 젊은이들은 체격은 크고 몸도 훌륭하나 힘든 막일 등을 경험하지 않았기에 체력이 많이 떨어진다. 체격에 비해 힘이나 지구력, 인내심과 요령도 부족하다. 기껏 힘든 일을 한 것은 군 생활이 전부인 경우가 대부분이다. 이러다 보니 심한 노동을 육체가 견뎌내지 못하는 것은 어쩌면 당연지사일 것이다. 그러니 단련된 고참 들이 볼 때는 일은 안 하고 게으름을 피운다고 말하는 것이다.

그러나 요즘 세대들이 이런 힘든 일을 감수하고서 참아내는 것만으로도 이들은 훌륭하다고 말하고 싶다. 많은 동료들이 허리와 무릎, 손목 등에 보호대를 착용하고 일을 한다. 단련된 고참들조차 못 견뎌서 직장을 그만두는 경우가 있고 신규들의 경우는 대부분이 얼마 안 되어 직장을 그만둔다.

자기 몸은 자신이 돌보며 체력에 맞게 해야 하는데 우선 인정받기 위해 이렇게 무리하다가 그만두게 되면 본인은 물론 가족과 회사에 대해서도 손실이 크다. 보통 2,3년은 근무해야 숙련공이 되는데 이런 일꾼은 열 명 중 한 명 꼴에 지나지 않으니 우선 회사에 대한 충성심이 오히려 누를 끼치는 것이 된다.

회사를 위해서, 나와 우리 모두를 위해서 중용의 도로 가는 것이 필요하지 않을까. 우선 성과를 올리는 것보다 장기적 안목에서 지나치게 무리하면 안 된다. 자신이 견딜 수 있는 한도에서 몸에 이상이 없을 만큼 하는 것이 중용의 도라 할 수 있겠다. 나와 가족과 회사, 우리 모두를 위한 바람직한 일이라고 생각한다.

최선보다 차선을 선택

최선의 삶, 최고의 목표, 최고의 인생을 추구하다 보면 마음의 여유가 없어지고 평화를 유지하기 힘들다. 마음의 평화를 얻지 못하면 양보하는 마음이 일어나지 않고 그러면 시기와 질투심이 자연스레 기지개를 켠다. 그러니 차선을 선택하면 일등을 양보할 여유도 생기며 정말 능력 있고 훌륭한 사람이 자신을 추월해도 인정할 수 있다. 재능있는 후배도 추천하고 발굴해 줄 수 있는 여유를 가질 수 있으며 인생이 그렇게 각박하지 않고 자신의 삶의 여유도 누릴 수 있으리라.

소비를 할 때도 자신의 능력에 맞춰 지출하다 보면 적자가 발생하기 쉬우나 자기 능력의 3할 쯤 낮추어 소비하다 보면 여유를 가질 수 있다. 우리가 흔히 보험이나 연금을 가입할 때도 자신의 경제력에 딱 맞춰 가입하다 보면 중도 해지할 가능성이 높다. 실제로 중도 해지하는 경우가 많다. 조금의 여유를 남기고 가입한다면 중도에서 해지하는 경우를 예방할 수 있으리라.

인생은 도전의 연속이고 선택의 과정이다. 최고의 선수, 최고의 예술가, 최고의 과학자, 최고의 작가 등 최고를 추구하면 도전 정신에는 충실하나 끝없는 노력과 그 위치를 유지하기 위해 피를 말리는 경쟁이 불가피하다. 그러면 자연스레 경쟁심과 시기심이 일어날 수 있다. 자신보다 더 나은 사람을 인정하고 노력한다면 마음의 평정을 유지하면서도 세계 최고가 될 수 있다. 자신보다 더 나은 사람이 존재한다는 사실을 인정함으로써 마음의 여유가 생기는 법이다.

최고가 되겠다는 패기를 가지고 노력하는 것도 젊은이다운 행동이다. 인생의 성숙기를 맞이하는 중년 이후에는 목표를 다음 단계로 낮추어야만 마음의 평화와 여유를 가질 수 있다. 경쟁으로 오는 스트레스도 어느 정도 줄일 수 있으며 후배들을 키울 수 있는 마음도 생긴다.

그러면서 이웃을 사랑하고 동료를 경쟁 상대가 아닌 동지로서 사랑하게 된다. 가족을 사랑하는 인간적인 면이 발휘되는 이런 삶이 인생을 아름답게 만들 수 있을 것이다.

친구

세상 어디를 가나 친구는 있다. 친구가 없다면 얼마나 외롭고 삭막한 인생길을 걸어갈 것인가. 친구는 다양한 배움과 경험을 선물하며 여러 가지 즐거움과 고통도 함께 느낀다. 즐거움을 선물하고, 고통을 안겨주는 친구, 특히 친구가 어렵고 힘들 때, 나 살기 급급하여 아무런 도움이 돼 주지 못했을 때는 정말 미안하다.

세상사가 그렇게 만만하지 않기 때문이고 나 역시 도움을 줄 상황이 안 되었기 때문이다. 어찌했던 객관적으로 나보다 여건이 안 좋은 친구가 있었고 그 친구의 청을 거절할 때는 가슴이 아팠다. 마음속으로 깊이 간직했던 친구, 언젠가는 회포를 풀며 지난 추억들을 회상하리라. 우리의 우정을 확인하리라.

심심할 땐 이야기 상대가 되고, 괴로울 땐 인생의 상담자가 되며, 힘들 땐 의지가 되는 사람. 서로가 도움을 주고받으며 약속은 없었지만 나중에 누군가 성공하고 나면 그렇지 못한 친구에게 힘이 되어 줄 거라고 묵시적으로 약속했다. 그런 사이가 친구이다.

친구는 꼭 나이로 사귀는 것도 아니요 사회적 지위나 학벌, 고향 동문으로 친해지는 것도 아니다. 생각이 비슷하고 상대의 입장을 이해하며 공감할 수 있으면 평생의 친구가 될 수 있다. 친구만큼 평등한 존재는 없다. 가족 간에도 위계질서가 있으며 어떤 직장이든 조직에도 공식적으로는 서열이 없다고 해도 암묵적으로 고참, 신참 등 서열이 있게 마련이다.

그런데 친구라 부르면서 무늬만 친구인 사람이 존재한다. 가장 평등한 존재인 친구가 자신보다 학벌이 못하다고, 직장이 못하다고, 힘이 약하다고. 가문이 보잘것없다고, 사는 형편이 넉넉지 못하다고 등위를 매긴다. 조금이라도 약자인 듯싶으면 친구 위에 서려는 사람도 분명 존재한다. 심지어 자신보다 더 강자인 친구한테는 아부성 발언을 서슴지 않는 이도 존재한다.

친구 위에 서려는 이는 이미 친구가 아니다. 상전이 되려는 것이고 친구에게 아부하는 이는 스스로 평등관계를 포기하는 노예근성의 소유자이다. 그저 보기만 해도 반갑고 우연히 만나면 대포 한 잔 나누고 싶은 이가 친구요, 언제나 안부가 궁금하고 서로 잘 되기를 바라는 친구는 우리의 울타리가 되어 서로가 서로를 지켜 준다.

친구 따라 강남 간다는 속담이 있다. 친구를 믿고 친구와 함께 한다는 말이다. 이런 친구 몇 명만 사귄다면 그의 인생길은 아무리 험난한 길을 걸어왔다 할지라도 정도를 지켰다고 할 수 있다.

폼나는 인생

사람은 누구나 멋진 인생, 폼나는 삶을 누리고 싶고 나름대로 노력하고 있다. 멋진 옷, 좋은 차, 호화로운 주택을 소유하고 아름다운 아내, 씩씩한 남편이 있어야 폼나는 삶을 산다고 말할 수 있을까.

물론 이런 것들이 다 이루어지면 폼 나는 인생을 산다고 말할 수 있겠다. 단 외관상으로는 그럴듯하지만 실제는 다를 수 있다. 진실로 자신의 내면까지도 만족할 수 있고 가까운 지인도 인정하는 멋진 인생이란 겉모습만 보고 스치는 타인의 모습하고는 많이 다르다.

인류에게 꼭 필요한 사람, 법 없이도 살 수 있는 사람, 이 사람이 옆에 있으면 그냥 자랑스러워지면 얼마나 좋겠는가. 그가 떠난 자리에는 향기가 남고, 아쉬움이 남으며 오랜 세월이 지난 뒤에도 아름다운 이름으로 기억되고 회자될 때 그는 폼나는 생을 살았다고 말할 수 있으리라.

누구나 폼나는 인생을 누릴 수 있다. 돈 없다고 비굴하지 않으며 출세 못하였다고 자격지심을 품지 않고 말없이 선행을 베풀며 이웃을 돌보는 삶을 살면 된다. 사회적 약자를 배려하고 인생을 산다면 갑부보다 입신양명한 영웅보다도 더 멋진 인생을 살았노라고 자부심을 느낄 수 있다. 그를 이해하는 지인들 역시 고개를 끄덕일 것이다.

평범한 서민들은 그저 성실히 살기만 하여도 열심히 노력하는 사람이었다고, 어진 이웃이었다고, 의리 있는 친구였다고 회자되면 그런대로 올바른 삶을 산 셈이다. 그리고 가정에 충실하였다는 말을 들으면 폼나는 인생을 누린 사람임에 틀림없다.

행복

인간은 누구나 행복을 추구하고 행복할 권리가 있다. 행복 추구권은 우리가 누릴 수 있는 헌법상의 권리이며 포괄적 권리이다. 그러나 행복은 우리 눈에 보이지 않으며 손끝에 느껴지지도 않는다. 입으로 맛볼 수도 없고 귀에 들리지도, 냄새로도 맡을 수 없으며, 육감으로 느껴지지도 않는다.

흔히 돈 많은 사람, 머리가 좋은 사람, 건강한 사람, 성공한 사람을 행복한 사람이라고 한다. 그러나 모든 것을 다 갖추었다고 해도 만족하지 못하는 수도 있다. 행복을 느끼는 감정은 마음속에 자리 잡은 주관적인 요소가 강하기 때문이다.

작은 일에도 만족을 느끼면 행복하다. 자기만족이야말로 행복의 첫걸음이다. 만족은 욕심을 줄이는 데서 자란다. 만족은 긍정적 사고와 운명 공동체이며 생사를 같이하는 친구이다.

나는 인간으로 태어나서 만족하고, 두 발로 걸으며, 두 귀로 듣고, 두 눈으로 보며 느끼고 생각할 수 있어서 행복하다. 무엇이 바른 길이고 나쁜 길인지 알 수 있어 행복하다. 친구와 가족, 아내가 있어서 더욱 행복하다. 꿈이 있어 그 꿈을 향해 나아가며 노력하는 사람은 행복의 제곱이다.

가급적이면 부정적 생각을 피하고 긍정적으로 살아가려고 노력한다. 부정적 삶이란 '무조건 안 된다 아니다' 하는 삶이 아니다. 나는 왜 가난한 집에 태어났을까? 왜 천재적인 두뇌가 아닐까? 왜 세계적인 인물이 되지 못했을까? 하면서 주어진 현실을 원망하는 것 등이 부정적인 생각이다.

긍정적 사고란 모든 것을 칭찬하고 옳은 것이며 '예스'라고 말하는 것이 아니다. 어떤 약점이나 시련 등이 있어도 현명하게 생각하고 지혜롭게 판단하는 것이다. 자신의 약점과 고난을 인내하고 극복할 수 있는 기회를 주는 것이라 생각하는 사고가 필요하다. 더욱 강한 자신을 만들 수 있는 기회라 여기고 더 성숙한 사람이 되기 위해 노력하는 사람이 긍정적인 사람이다. 주어진 현실을 비관하지 않고 더 많은 경험 쌓으며 더욱 정진하여 인간 승리의 길로 나아가는 사람이다.

그래서 긍정적 사고를 할 수 있다면 행복한 사람이다. 즉 남들이 부러워하는 재물, 건강, 지식, 이성, 가족 등을 가지고 있지만 그 자체로 행복하다. 반대로 병마와 가난, 추함 등 남들이 기피하는 것을 가지면 그것을 극복할 수 있는 기회로 생각하여 인간 승리의 기쁨을 가질 수 있음에 감사하는 사고야말로 긍정적 사고이며 행복한 사람이다.

행복의 시작은 만족함에 있다. 행복의 정점은 고난이 없는 꽃길이 아니라 꿈을 가지고 노력하고 도전하는 길 위에 있다.

효도

요즘 세상에서는 가정을 지키는 만큼 큰 효도는 없다. 이혼도 많이 하고 결혼 자체를 거부하는 '나 홀로 족'도 많다. 자신의 인생만을 누리겠다는 경향도 있고, 경제적 문제로 결혼 자체를 포기하는 경향도 있는 것 같다.

하지만 결혼을 해야 새로운 가정이 생기고 자신에게 효도할 자녀가 탄생하는 법이다. 성실하고 열심히 살다보면 아무리 가난하게 출발했다 하더라도 부부가 생활할 만큼의 경제적 여유는 생기는 법이다. 자녀도 양육할 수 있다. 친구와 비교하여 경제적, 사회적 지위를 논해서는 안 된다.

사람은 인간 그 자체로서는 평등하나 주어진 환경이나 여건, 타고난 능력, 외모 조건이 다를 수밖에 없다. 더욱이 값진 인생은 어려움을 극복하고 가시밭길을 헤쳐 나갔을 때 자신이 자랑스러워지며 인생 참 살만하다고 말할 수 있다. 안 되는 것을 자신의 체면이나 위신 때문에 그만두지 못하고 물고 늘어지는 경우를 주위에서 볼 수 있다. 또 어떤 이는 어차피 돈을 못 모을 것 같다고 포기하고 해외여행 등 우선 '인생을 즐길 수 있을 때 즐기자'라는 구호 아래 장래에 대한 준비 없이 시간을 낭비하다 세월을 보내는 이도 가끔씩 만난다.

분명코 말하는데 몸과 정신이 건강하다면 부모에게 효도하는 길은 가정을 이루는 일이다. 또한 가정을 지키는 일이기도 하다. 빈손으로 출발하여 직장이 대기업이 아니고 공무원이 아니며 중소기업, 심지어 막일을 할지라도 10년만 가정을 위해서 생활한다면 조그마한 성과는 있을 것이다. 초라하지만 자신의 보금자리는 마련할 수 있을 것이다.

'사오정'이라는 말이 있듯이 45세가 정년이라지만 현실은 40을 넘기지 못하고 정년이 되는 곳도 많다. 대학을 졸업해도 구하기 어려운 직장에서 기술을 익히고 현장에 근무하면 40세, 45세까지는 정년 걱정을 안 해도 된다. 취업준비생은 그 나름대로 갈 곳이 마땅찮고 기업은 기업대로 쓸 만한 인재가 없는 형편이다.

무엇보다 현실을 냉정하게 직시하여 자신의 길을 찾아야 한다. 안정된 직장이 있어야 '결혼합시다'라는 말이라도 할 수 있고 결혼 생활이 원만하게 유지될 수 있다. 조물주가 남자와 여자를 만들었을 때는 결혼하여 자손을 두라고 그랬을 것이다.

대한민국의 아들들은 군 문제를 잘 해결하는 것 또한 큰 효도이다. 자기 자신의 몸을 스스로 지키지 못한다면 부끄러운 일이다. 국가도 마찬가지다. 스스로 국민의 생명과 재산을 지키지 못한다면 부끄러운 일일 뿐만 아니라 국가 자체의 존재 이유도 심각하게 고민할 문제다.

대한민국의 아들들에게 당부하고 싶다. 군이라는 곳은 물론 힘들고 고된 곳이다. 젊은 청춘을 보낸다고만 생각지 말고 전체의 일부분으로서 나를 배우고, 숙식을 함께하며 고생도 함께함으로써 우정과 전우애를 키워나간다고 생각하면 군 생활이 어렵지 않을 것이다. 핵가족화 되어있는 사회에서는 결코 배울 수 없는 많은 것을 조국을 수호하는 본연의 임무 외에 부차적으로 익힐 수 있다. 사회에 나와서도 인생살이에 많은 도움을 줄 것이다.

또한 군인은 철학자가 될 필요는 없다. 현실을 긍정하며 주어진 임무에 충실한 것이 군인의 본분이라면 우리에게 부여된 국방의 의무를 다하는 것이 사내다움이다. 대한민국의 아들이 해야 할 본연의 임무이다.

군이라는 곳은 다층적인 압박구조로 느낄 것이다. 그러나 관료제가 있는 곳이라면 어디를 가나 다층적이며 단지 선택의 자유가 없는 것이 다를 뿐이다. 그리고 전혀 사전 지식이 없는 일을 한다는 것이 다를 뿐 사회의 연장이다. 우리들이 가야만 하는 길 가운데 하나일 뿐이다.

제2부

더불어 살아가는 지구촌 시대

이등 철학

전쟁에서 이등은 없다고 한다. 삶의 전선에서도 모두들 일등만 예찬할 뿐 이등 삼등은 아무런 눈길도 보내지 않는다. 그러나 이등만큼 좋은 것은 없다. 일등을 하면 많은 찬사와 선망의 대상이 되지만 모든 이들의 관심과 눈길을 피할 수 없다. 이는 시기심과 질투의 대상이 되며 모든 사람들의 표적이 되기도 한다.

이등한 자는 시기와 질투의 예봉을 피할 수 있다. 또한 적당한 대우와 존경을 받을 수 있고 안전하고 편안하게 삶을 영위할 수 있다. 이등은 아무나 할 수 없다. 굳이 나서길 좋아하고, 승부욕과 패기가 있으며, 큰 야망을 품은 사람은 일등을 선호한다. 그는 일등을 하기 위해 늘 긴장하고 열정을 다한다.

그렇지만 조용하고 마음 편히 자신의 행복을 추구하는 사람은 일등보다 이등을 선호한다. 실제로 이등은 그리 쉬운 일이 아니다. 계속 이등을 유지하려면 일등을 능가하는 실력을 갖추지 않으면 안 된다. 행운의 여신이 돌보아 준다면 이등을 할 수 있겠지만 자기 마음대로 할 수는 없고 유지할 수도 없다. 모든 경기에서도 일등보다 뛰어나야 의도적으로 이등을 할 수 있다. 조직에서도 일등보다 더 뛰어나야 이등의 자리를 계속 유지할 수 있다.

이등은 겸손한 사람이 아니고는 선호하지 않으며 먼 장래를 내다

보는 혜안이 없으면 잘 선택하지 않는 기묘한 자리다. 그런 사람은 아무리 돈이 많아도 최고의 명품, 최고의 브랜드를 선택하지 않는다. 다음 브랜드를 선택함으로써 세상의 시선과 질투, 시기심을 어느 정도 피할 수 있고 화려하지는 않으나 실리와 자기만족을 누릴 수 있다.

많은 사람들이 일등과 최고를 위하여 모든 정열을 바칠 때 나는 이등을 택함으로써 위험과 시기를 피하겠다. 나 자신을 보호하면서도 실력이 모자라는 것이 아니라 행동과 처신에서 이등을 선택했을 뿐이라고 지인에게 이야기하고 싶다.

겸손한 사람만이 이등을 선택하며 타인을 존중함으로써 자신 또한 다른 이로부터 존중을 받을 수 있다. 일등이라는 자리는 끊임없는 도전을 받으면서도 늘 외롭고 쓸쓸하다. 그렇지만 이등은 결코 외롭지 않고 언제나 많은 친구를 사귈 수 있으며 어둠이 내려도 맘 편히 잘 수 있다.

그야말로 겉보기에는 이등이지만 실리는 실리대로 다 챙기면서 일등을 능가하는 행복감과 편안함을 맛보며 인생을 즐길 수 있다.

2할과 8할

우리 몸에서 두뇌가 8할의 에너지를 소모한다는 어느 학자의 주장을 들었다. 파레토가 말한 상위 2할이 부의 8할을 소유한다는 것과 관련해 보면 대체로 우리 사회구조가 상위 2할이 하위 8할을 지배하는 체제라고 해도 틀리지 않을 것 같다.

그러나 진정으로 멋진 사회, 아름다운 사회는 상위 8할이 하위 2할을 지배하는 구조가 이상적이지 않을까 싶다. 하위 2할이란 노력하지 않는 자 선량하지 못한 자들이다. 다시 말하자면 게으른 자요 남에게 기생하여 살려는 자이며 불량자를 말한다. 이들은 인간 세상에 도움을 주기는커녕 사회를 좀먹고 공공의 안녕과 번영에 걸림돌로 존재하는 자들이다.

그들은 선량한 자, 성실히 살아가는 양민을 보면 마땅히 부끄러워해야 한다. 땀 흘려 일하는 사회가 살맛나는 사회가 아니겠는가? 작금의 세상은 착한 우리 서민들이 불량배를 만나면 오히려 숨고 피해야 한다. 물론 법의 보호를 받고 있기는 하지만 그 법이라는 것은 사후에 이루어지고 당장은 주먹이 앞선다. 착한 시민들은 후안무치한 자들을 상대해 보아야 괜히 오물만 뒤집어쓰기 때문에 사소한 시비는 참고 견딘다.

사회 분위기가 바뀌고 아름다운 세상이 도래한다면 상위 8할이 누리는 세상은 분명 지금보다 풍요로울 것이다. 명절이 다가오면 즐거우면서도 걱정되는 지금의 현실에서 정말 기다려지고 돈 걱정 없이 편안한 날을 보내게 될 것이다. 경조사가 있으면 진심으로 축하해 주고 위로할 수 있는 경제적 토대도 마련돼 있다. 토요일 일요일에 휴가나 여행할 경비가 없어 집안에서만 있어야 하는 비애도 멀리 날려 보내게 된다. 친구가 찾아오면 경비 걱정 없이 기쁘게 맞이할 수 있는 집단이 상위 8할이다. 선량한 서민들이 누릴 수 있는 권리이다.

하지만 하위 2할에 속하는 개인도 노력하고 개과천선하여 성실히 살면 언제든지 상위 8할에 속할 수 있으며 모든 권리를 누릴 수 있는 사회 시스템이 되어야 한다. 우리도 에너지의 8할을 소모하는 두뇌가 몸을 지배해야지 몸이 영혼을 지배하면 안 된다. 건전한 영혼은 옳고 그른 것을 가릴 줄 안다. 배고프면 훔쳐 먹고, 일하기 싫으면 놀며, 마약을 하고 술 마시며, 도박하면 안 된다고 지시를 내린다. 나쁜 줄 알면서 몸이 시키는 대로 도박장으로 가는 것은 곤란하다. 이성적 사고가 지배해야만 몸을 다스릴 수 있다.

그러나 이성만 가지고는 안 되며 감성도 함께 공존해야 한다. 감성의 요구를 무시하면 스트레스 등 건강하지 못한 결과를 초래하고 생활의 활력과 생기를 잃을 수도 있다. 나의 생활철학은 이성을 8할, 감성의 요구를 2할 정도로 하고 있다. 또한 두뇌의 요구가 8할 정도, 몸의 요구 2할 정도를 수용하려고 한다.

우리 모두가 잘 사는 사회가 멋진 사회라고 생각한다. 그러나 노력하지 않는 자 사회의 좀벌레들까지 잘 산다면 성실하게 사는 서민들에 대한 예의가 아닐 것이다. 그러나 어쩔 수 없이 일할 수 없는 자, 예를 들면 장애자나 환자, 노인들은 상위 8할 안에 포함시켜야 할 것 같다.

3차원의 인간과 2차원의 인간

3차원이란 시공을 초월해서 존재하는 것이고 2차원이란 시공의 제약을 받는 어떤 상황이라고 정의를 내리고 싶다. 우리 모두가 시공을 뛰어 넘어 존경하는 분들이 바로 성인 성현들이다. 그들은 3차원의 세상을 살다간 3차원의 인간이라 할 수 있겠다. 성인들은 시류에 편성하지 않고 정의를 위해 살았던 분들이다. 인간의 존엄과 가치, 인류 전체의 행복을 위해 고민하고 밤을 지새우며 노력하고 헌신한 분들이다.

말과 행동의 일치를 실천한 선인, 배운 대로 생활한 선조, 이론과 실천이 같고 말과 행동의 합일을 이룩한 사람을 예전에는 군자라고 불렀다.

비록 우리는 그렇게 행동하지 못했지만 모두가 모델로 삼을 만한 분들이 성인이다. 모든 인류에게 모범적인 삶을 제시한 성인들. 시간과 공간을 떠나서 과거 현재 그리고 앞으로 살아갈 미래의 후배들이 모두 3차원의 인간에 포함된다.

2차원의 인간이란 시류에 편성하여 움직이며 한 치 앞을 보지 못하고 현재의 이익에 따라 행동하는 인간 군상들이라 할 수 있겠다. '우선 먹기에 곶감이 달다'고 눈앞의 이익을 위해 자기 위주의 사고와 행동으로 무장하여 사회와 인류 전체에 대한 배려가 없는 사람들이다. 이런 인간들은 약자를 배려하지 않고 강자에 아부하며 코앞의 이익에 눈이 멀어 인간이 지켜야할 도리를 무시해버린다. 깊은 고민 없이 하루하루 살아가는 인간 유형들. 현 시공을 벗어나면 비난받을 행동을 하는 자이며 의리가 무엇이고 정의가 무엇인지 애써 무시하는 사람이다. 인간의 존엄과 그 가치를 깨닫지 못하고 윤리와 도덕을 생각하지 않으며 실행하지 않는 이런 인간 군상들을 2차원의 인간들이라 할 수 있겠다.

3차원의 인간이 되어야 할까 아니면 2차원의 인간으로 남아야 할까. 우리 모두가 3차원의 인간이 된다면 지상 낙원, 천국과 극락이 지금 눈앞에 펼쳐질 것이다.

가랑비와 이슬비

옛 이야기에 어떤 손님이 찾아 왔는데 점심식사 시간이 다 되었다. 식사를 대접할 형편이 안 되는 주인은 손님이 가길 원했고, 손님은 한 끼를 얻어먹어야 허기를 면할 수 있는 상황이었다.

마침 비가 보슬보슬 내리니 주인이 하는 말 "가시라고 가랑비가 오네요." 하니까 손님 왈 "더 있으라고 이슬비가 오네요." 하여서 가랑비와 이슬비가 되었다고 한다. 물론 이슬처럼 내린다고 이슬비, 가늘게 내린다고 가랑비라 명명한 것 같다.

우리는 가랑비인지 이슬비인지 구별하기 힘들겠지만 이를 잘 구별하는 자는 현명한 자요 성공한 사람이며, 이를 잘 구별하지 못한 사람은 아둔한 자요 실패한 인생길을 걸을 수밖에 없다.

주식을 하든, 부동산을 소유하든, 취업 시험을 준비하든, 창업을 하든 인생만사 모든 것이 이슬비가 내릴 때에는 그대로 일을 진행해야 한다. 길에서 소나기를 만났으면 잠시 피했다가 그치면 가던 길을 계속 가면 될 것이다. 만약 가랑비라면 일찌감치 비가 많이 오기 전에 하던 일을 그만두고 집으로 돌아가야만 낭패를 면할 수 있다.

세상만사가 자신이 뜻대로 되는 일은 드물다. 미세한 조짐을 보고 판단할 수 있는 능력을 키우는 일이야말로 국가를 경영하거나 기업을 운영하고 자영업을 할 때도 대단히 중요하다. 일상적인 일을 할 때도 시기를 보면서 조금 더 기다려야 할지 판단해야 한다. 시간과 정열과 돈을 투자할지 아니면 잠시 기회를 관망하면서 더 기다려야 할지 적절한 기회를 포착해야 한다. 아예 시간과 돈을 낭비하지 않고 그만둘 것인지도 판단해야 한다.

가랑비인지 소나기, 또는 이슬비인지 상황 판단이 쉽지만은 않겠지만 지혜 있는 자라면 분명히 분별해야 한다. 그렇지 못한 자는 세상인심대로 흘러가거나 자신의 능력을 성공한 자와 동일시하고 과대평가하여 상황대처를 잘 못하는 우를 범하고 만다. 우리 주위에서도 어리석은 일을 범하는 이 또한 적지 않다.

자연의 이치와 인간 세상의 이치는 크게 다르지 않다. 대체로 여름의 소나기처럼 예고도 없이 돌발적인 상황이 오면 이슬비일 가능성이 높다. 이럴 때는 잠시 기다린다거나 하던 일을 계속 진행하면 상황이 정상적으로 되돌아 올 가능성이 있다. 사전에 예고되고 준비한 상황이 닥쳐오면 가랑비일 가능성이 크다. 가랑비 뒤에는 점차 빗줄기가 굵어질 수 있다. 이럴 때는 지체 없이 하던 일을 그만두고 사태의 추이를 지켜보던가 아니면 실내에서 다른 일감을 찾는 등 방향을 선회하는 것이 바람직하다.

가랑비와 이슬비를 구별할 수 있는 능력은 현명한 자와 아둔한 자를 구별하는 것과 같다. 이는 개인의 성공과 영광의 열쇠는 물론이려니와 사회와 국가의 운명도 현명한 자의 능력에 달렸다. 인류의 번영과 운명도 그의 손에 달렸다고 해도 과언이 아니다. 이런 판단 능력은 공부를 많이 한 사람들이 뛰어나다는 근거는 없다.

다만 학력이 높으면 많은 정보를 보유하고 있는 것만은 확실하다. 정보는 정확한 판단을 위한 기본 자료이다. 양심 있는 자만이 정확한 판단에 따른 결정을 내릴 수 있다.

내일 로또에 당첨되더라도

'내일 지구의 종말이 오더라도 오늘 한 그루의 사과나무를 심겠다'는 스피노자의 말처럼 모든 일에 최선을 다해야 한다. 성실한 삶은 시공을 초월해서 우리 모두가 지향하는 실천 덕목이다. 한 치 앞도 내다 볼 수 없는 인간이다. 99.9퍼센트의 확률이 있다 한들 나머지 0.1퍼센트의 불확실성도 상존한다는 사실을 알아야 한다.

흔히 하는 말로 누구에게나 크든 작든 자기 분수에 맞는 기회가 일생 동안 3번은 온다고 한다. 그 기회가 나만을 위한 기회인지도 잘 알 수 없어 세월이 지나서야 그때가 기회였구나 하고 무릎을 치는 경우가 허다하다. 그 기회가 나만을 위한 기회였다고 하더라도 성공 확률이 100퍼센트일 수는 없다. 만약 120퍼센트의 확률이라 할지라도 그것을 잡기 전까지는 성실한 삶이 중요하고 최선을 다해 노력해야 한다.

기회를 잡고 성공했다 하더라도 성실은 여전히 유효하다. 창업의 정신이 계속 이어지지 못한다면 후회와 오점을 남기기 쉽다. 창업이 어려운가. 수성이 어려운가. 그 대답은 쉽지 않지만 일단 창업을 위해서는 최선의 노력과 긴장을 유지하지만 일단 목표를 달성하면 조금은 나태해지고 긴장감이 아무래도 떨어지니 수성이 더 어려울 것이다.

특히 고생 끝에 성공한 삶을 이루었을지라도 행복은 같이 누리지 못하는 경우가 존재한다. 같이 고생한 공을 마음에 새기고 겸손해야 한다. 더 무서운 것은 자만이다. 이제는 성공했으니 자유를 지나 방종에 가까우면 머지않아 후회가 찾아온다.

만일 행운이 찾아와서 로또에 당첨되더라도 근면과 성실에서 멀어진다면 행복을 유지할 수 없다. 끝내 행복을 누릴 수 없는 사람이 되고 만다.

더불어 사는 사회

신성한 국방의 의무를 수행하면서 사실상의 불이익을 받는다면 어느 누구도 수긍하기 어려운 일이다. 2년 동안의 군 생활은 많은 것을 배우고 느끼게 하지만 수험생에게는 큰 아쉬움으로 남는다. 군 생활 동안 공부를 할 수 없는 것은 물론이고 이미 배우고 익힌 지식조차도 상당 부분 잊어버리기 마련이다.

군 생활을 하지 않는 남녀 수험생들에게 6개월간 사회와 국가를 위하여 봉사케 하고 있다. 장병에게 지급하는 월급 없이 근무하게 하여 역차별과 형평성을 어느 정도 해소할 수 있도록 해야겠다.

가산점을 5점 정도 주든지 3점으로 하든지 이것은 문제가 될 수 없다. 만약 6개월 정도 봉사할 수 없는 수험생이라면 공무원이 되더라도 근무할 자격이 있는지 의문이 간다. 현역장병 제대군인들에게는 약간의 손해 보는 느낌이 들더라도 신사도로써 감내할 수 있을 것이다,

여성이나 어떤 사정으로 군에서 봉사할 수 없는 수험생들은 미안함도 어느 정도 상쇄할 수 있다. 현실적으로 현역군인과 똑같은 기간 동안 봉사하라고 요구한다면 가점을 받기 위해서 실행에 옮길 수험생들이 과연 얼마나 될까?

군복무를 마친 제대군인들 역시 자발적으로 2년을 봉사하라고 하

면 쉽지 않을 것이다. 현실을 직시하고 형평에 맞게 요구해야 되지 않을까?

대한민국 파이팅!

명예

우리가 추구하는 것들은 아주 많다. 그 중에서도 대부분 돈, 권력, 명예를 추구하고 이것들을 기반으로 하여 사랑까지 얻으려고 한다. 돈과 권력을 획득한 사람이 불건전한 사랑을 하였다 하더라도 크게 흠이 되지는 않으나 명예로운 삶을 선택한 사람이 부적절한 사랑을 추구하면 그 이름에 오점을 남기기 쉽다.

그래서 명예가 고귀한 것 같다. 물론 성인은 돈과 권력은 물론이거니와 명예조차 추구하지 않고 무욕으로 삶을 영위함으로써 세상 사람들로부터 존경을 받는다. 이것이 명예가 되어 자연스럽게 그의 삶 자체를 사랑하게 된다.

속담에 '호랑이는 죽어서 가죽을 남기고 사람이 죽으면 이름을 남긴다虎死留皮 人死留名'라는 말이 있다. 인간이 추구하는 대부분의 가치는 시간의 흐름에 따라 세월에 묻혀버리고 그 효용가치를 상실하게 된다. 아무리 큰 권력을 가지고 세상을 좌지우지했던 인물일지라도 권좌에서 떠나는 순간 지나가는 개조차 거들떠보지 않는다. 아무리 큰 재물, 심지어 세상을 다 살 수 있는 재력을 가졌던 이도 그의 지갑이 텅 비게 되면 지나가는 걸인도 비웃게 된다. 하지만 명예를 얻은 자는 찬란한 빛을 발하며 모든 것을 다 삼켜버리는 세월 속에서도 살아남는다.

문학인이나 예술가, 운동선수들의 명예는 세대를 달리하며 이름이 전해진다. 정치가와 군인, 공무원 중에도 역사에 기록되어 후손들에게 귀감이 되는 인물이 있다. 대부분의 가치는 세월 따라 사라지지만 스스로 얻은 명예는 더욱 찬란한 빛을 발하게 된다. 수많은 철인, 예술가들이 생존 시에는 돈과 권력, 명예도 없었고 아무도 알아주는 이 없었으나 후인들의 존경을 받고 모범이 되는 이 얼마인가.

세상 사람들이 인정하고 존경하며 받들어온 명예는 시간의 흐름 속에서도 그 가치가 조금도 줄어들지 않는다. 오히려 더욱 강한 빛을 내며 우리를 밝고 건전한 곳으로 인도한다. 그의 명예는 돈으로는 환산할 수 없다. 한 손의 칼로 세상을 지배한 자보다도 더욱 존경을 받으며 우리의 가슴을 부풀게 한다. 그의 거룩한 이름은 자손만대에 전해질 것이다.

힘으로 세상을 지배한 자는 분명 능력 있고 두려운 존재임이 분명하다. 그러나 우리 모두의 존경을 받지는 못하며 그의 인품 역시 본받을 만한 가치가 있는지 의심스럽다.

복지사회

현대는 거의 모든 나라에서 복지사회 구현을 표방하고 있다. 우리나라도 사회 모든 분야에서 인간의 기본권과 생존권 구현을 외치며 한발씩 전진하고 있다. 복지란 모든 국민, 나아가 전 인류를 대상으로 하고 있다. 특히 사회적 약자와 소외 받는 계층에 더욱 필요한 정책이다.

그런데 신용불량자에게도 생존권은 있으며 기본적인 생활권, 인간적 권리, 국민의 한 사람이며 사회의 한 구성원으로 대우받을 권리가 있다. 어떤 연유로 신용불량자가 되었는지는 그렇게 중요하지 않다. 현재의 생활이 어떠냐가 문제이다.

실제적으로 금융기관 이용이 제한되어 있으니 아파도 병원에 갈 돈도 없고 부모가 큰일을 당해도 어떻게 대처할 방법이 없다. 저축도 할 수 없다. 하루 벌어 하루 쓰는 하루살이 인생을 제도적으로 만들고 있는 셈이다. 현금을 보관하기란 쉽지 않고 또한 혼자 생활하는 사람들이 대체로 막일을 많이 하다 보니 그냥 써버린다. 은행에 저축을 하면 채권자들이 가져가 버리니 말이다.

우리 돈 500만 원 혹은 300만 원 정도의 선까지는 저축을 하여도 기본적인 생활필수품으로 간주해 주면 좋겠다. 꼭 필요할 때 요긴하게 사용할 수 있도록 제도적 보장이 필요하지 않을까 고민해 본다.

이런 정도의 배려는 한 인간으로서의 동질감을 나누는 것이 아닐까 싶다.

우리가 바라는 세상

조물주가 이 세상을 창조할 때 무엇을 위해 어떤 세상을 만들려고 했는지 궁금하다. 너와 나 우리 모두가 조물주라면 어떤 세상을 원하며 어떻게 만들까. 제각기 다른 생각을 하고 있으니 여러 가지 세상이 나올 것이다. 모두 현재 세상보다 비교적 나은 세상을 꿈 꿀 것이다.

과연 내가 조물주였더라면 어떤 세상을 창조했을까? 이렇게 생각하면서 현실 세계와 비교해 보는 것도 재미있을 것이다. 세상 모든 일은 시작이 중요하고 기초가 튼튼해야 한다. 기초가 잘못되면 모든 것이 불안하고 위태롭다. 기초를 보강하지 않으면 안 되고 보강했다 하더라도 처음 튼튼하게 지은 기초보다는 못하다.

현실 세계도 기초가 문제이다. 세상에는 부조리와 모순, 죄악 등이 존재하는데 치유도 상당히 어렵다. 잠시 차원을 달리해서 세상을 비교해 보면 1차원의 세상은 생존을 위한 세상이다. 자연 그대로 살기를 원하며 아무런 거짓도 없고 타인을 해치려는 생각도 없다. 그저 주어진 삶에 충실하며 가식 없고 순수한 본능에 따라 움직인다. 순수 그 자체로 살아가는 세상이라 말할 수 있다.

2차원의 세상은 현실 세상이다. 정의와 부정, 선과 악, 권모술수, 음모와 거짓, 투쟁 등 모든 것이 혼재하는 세상이다. 착한 이가 때로는 피해를 입으며 세상의 약자로 존재한다. 악인도 때로는 출세하여 명예도 얻고 권력도 쥘 수 있으며 부도 얻는다. 바로 모순된 세상이다. 누구나 정의를 외치지만 말과 행동이 다른 세상이다.

3차원의 세상이란 2차원의 세상과 마찬가지로 투쟁이 있고, 고통도 있으며, 즐거움도 있다. 명예와 권력, 부도 존재한다. 악의 거짓은 없지만 선의 거짓은 존재한다.

윤리가 살아 있으면 서로의 사상을 존중해 주며 종교도 비난하지 않는다. 세상에 필요 없는 고통은 없다. 필요 없는 악도 존재하지 않으며 이론과 현실이 일치하는 세상이다. 3차원의 세상이야말로 즐거움과 고통, 기쁨과 슬픔, 사랑과 분노 등이 상존하는 세상이다. 세상의 모든 이들이 인정하고 이해할 수 있는 공간이다. 인간은 살아가는 이유가 있으며 재미와 즐거움, 고통과 슬픔이 공존한다. 세상은 멋이 있는 지극히 이상적인 공간이다. 우리가 목표로 하는 세상을 스스로의 노력으로 이룰 수 있다.

4차원의 세상이란 굳이 설명하자면 3~4세의 어린이가 발가벗고 시원한 냇가에서 물장구치며 노는 그런 세상이라 할 수 있겠다. 인간의 두뇌가 생각하는 것은 3차원의 세계이다. 그러나 4차원에서는 선의의 거짓이든 악의 거짓이든 그 자체가 없다. 모든 것이 자연 그대로이며 투쟁도 없고 생존의 걱정도 없는 오로지 즐거움만 있는 세상이다.

그러나 고통을 알지 못하는 즐거움은 맛을 모르는 즐거움이다. 인간사는 멋을 모르는 그냥 편안히 숙면을 취할 때의 편안함과 같은 세상이다. 일차원의 세상과 비슷하지만 차원이 다르며 우리들이 모두 존경하는 성인이라 부르는 분들의 세상이라 할 수 있다.

임금賃金

임금은 근로의 대가로 받는 보수이다. 임금 책정은 어떻게 어떤 기준으로 하는가? 국가나 회사, 지역과 업종마다 기준이 조금씩 다르다. 같은 시간을 근무할 때 능력에서 개인차가 있음에도 똑같은 보수를 지급한다면 문제가 있다.

가장 일반적인 경우는 일을 한 만큼 능력의 차이에 비례하여 임금을 책정한다. 또 다른 경우는 일에 대한 능력과 실적에 따른 보수가 산술급수적이 아니라 기하급수적으로, 누진적으로 산정하여 지급한다.

제일 처음의 경우 노력의 정도가 같으면 똑같은 수고를 하였으므로 똑같이 지급하는 경우이다. 능력이 탁월한 사람은 불만이 있을 것이고 주어진 시간에 최선을 다하기 보다는 적당히 즉 남보다 조금만 더 성과를 내거나 아니면 똑같은 성과를 낼 것이다. 조금도 미안한 마음을 가지지 않을 것이다.

능력이 부족한 사람도 어차피 똑같은 시간을 근무하면 같은 대우를 받으니 양심이 있는 사람은 최선의 노력을 경주할 것이다. 그러나 대부분의 평범한 사람들은 최선의 노력보다는 차선 혹은 적당주의로 흐를 가능성이 많다. 어쩌면 절대적 평등 사회가 될 수는 있겠지만 일에 대한 능률성, 효율성에 대한 측면에서는 문제가 있다.

그러나 모든 구성원이 양심적이고 인간적이 되어서 각각의 능력에 따라서 최선을 다하고 각기 나름대로 똑같은 수고를 하였으니 성과에 관계없이 고르게 분배하는 데 불만을 가지지 않은 사회는 이상적이라 할 수 도 있다.

두 번째의 경우 더도 말고 덜도 말고 일한 만큼 지급하는 경우이다. 노력한 성과만큼 보수를 지급하는 것은 어찌 보면 가장 타당한 것 같다. 우리가 의식하던 무의식적이던 이렇게 시행하기를 바라며 예로부터 내려오는 임금 체계이다. 대다수의 사람들에게 응용되며 불만이 가장 작은 시스템이라 할 수 있다.

하지만 사회적 약자의 배려라는 측면에서는 앞의 경우보다는 떨어진다. 능률성과 효율성 측면에서는 다음에 서술할 세 번째의 경우보다 못하다. 그러나 보통 평범한 사람들이 선호하는 시스템이라 할 수 있다.

세 번째의 경우는 조금만 잘해도 인센티브를 많이 주는, 즉 능력이나 실적에 대비해서 그에 대한 대가를 많이 주는 사회 시스템이다. 예로 들면 영업직이나 프로 운동선수들의 경우라 할 수 있겠다. 성과나 능률 지상주의이며 삶의 전쟁터이며 살아남기 위해서는 피를 말리는 노력과 경쟁이 있을 뿐이다. 인생의 여유와 문화생활을 즐길 수 없다. 철저한 밀림의 법칙이 적용 되며 강자는 모든 것을 누릴 수 있으나 약자는 설 곳이 없다.

우리 사회의 복지 수준에 따라서 위의 세 가지 경우를 지혜롭게 선택해야 할 것이다. 물론 모든 국민의 삶의 질이 향상되고 문화생활을 영위할 수 있을 정도가 되면 성취감도 있고 용기가 있으며 능력 있는 사람들만 있으면 경쟁도 필요하다. 승부욕 강한 이들을 위해서는 마음 것 싸울 수 있는 장소를 제공해주는 것도 바람직하다. 밀림에서 열심히 싸워서 생존하라고 응원해 줄 필요가 있다.

그러나 아직까지 국민 모두의 생존권이 보장 안 돼 있고 문화생활을 누릴 수 없는 사회 약자들의 생활권과 복지를 위해서는 첫 번째 경우를 선택할 수밖에 없다. 만약 인류가 더불어 살겠다며 나와 남을 동일시한다면 어떻게 될까. 자신이 사회적 약자로 태어나고, 약자일 수 있다고 생각하는 분위기가 되면 역시 첫 번째 임금정책을 실시해도 좋다. 가장 이상적이고 철학적인 사회이고 양심적인 사회이다.

나는 나름대로 생각해 보았다. 첫 번째의 경우 노력이 같으면 능력과 상관없이 똑같은 대우를 하는 사회는 공산 사회이다.

두 번째의 경우 자신의 능력만큼 실적에 비례해서 임금을 받으니 사회주의이다. 그리고 세 번째의 경우 가장 생존 경쟁이 치열하며 조금의 차이에도 보수에서 많은 차이를 가져온다. 바로 자본주의 사회이다.

자기 자신

자신을 사랑하는 나, 자신을 사랑할 수 있는 내가 되려면 나를 분명히 알고 가치를 재발견해야 한다. 순수한 나의 본성을 발견하고 그대로 행동할 때 나를 사랑할 수 있다. 지금까지 몰랐던 나, 겁 많은 허상에서 본능 너머에 있는 본성은 어떤 모습일까. 고통과 고난도 극복할 수 있는 용기가 잠재되어 있고 행동하며 실천할 수 있는 힘이 넘친다.

이것이 인간 본성이며 이성적이고 헌신적이다. 봉사와 남을 배려하는 용기, 그것이 자신을 위하는 길이며 동시에 인류를 위하는 길임을 깨닫는다. 우선은 조금 손해 보는 듯한 느낌이 들지만 사람에 대한 배려와 이해만큼 이익이 큰 투자는 없다. 그러므로 자신에 대한 자부심과 사랑을 느낄 수 있다면 남들이 바보라고 부를지라도 자신은 자랑스러울 것이다.

우리는 살아오면서 많은 것을 배운다. 경험을 통하여 인간은 혼자서는 살 수 없다는 사실을 알았다. 우리에게 주어진 여건과 환경 조건이 다르기 때문에 남을 배려하고 이해하는 행동도 다를 수 있다. 남을 도우면 나 자신을 배려하는 것과 같다고 생각할 수도 있다. 나도 똑같이 타인의 여건이나 환경 조건과 같이 될 수도 있고 나 자신이 배려하는 혹은 배려 받는 이로 태어날 수도 있다.

사회에서 살아남기 위하여, 남 앞에 나서기 위하여, 남에게 기죽지 않기 위하여 자신을 속이며 허세를 부리지는 않았는지 되돌아볼 필요가 있다. 솔직히 우리들은 남의 눈을 의식하지 않을 수 없고 예의를 지키지 않을 수 없다. 그러나 지나치면 그것 또한 예의가 아니며 비난의 대상이 된다. 오히려 여러 사람들에게 부담으로 남는다. 델포이 신전에 있는 말대로 '너 자신을 알라'는 이 글귀를 다른 말로 표현하자면 '자신을 아는 자만이 스스로 사랑할 수 있다'는 말과 같다. 그리고 후회하지 않을 것이라고.

자신을 속이는 행위는 어쩌면 열등감의 표시이기도 하다. 자신에게 솔직할 수 있는 자만이 강한 자이며 용기있는 자이다. 자신의 본능보다 본성에 충실해야 한다.

자신의 가치를 위해서는 어떤 경우에도 물러서지 않으며 때에 따라서는 온몸을 희생할 수 있는 사람이 큰 인물이다. 또 다른 경우에는 남들이 겁쟁이라 놀릴지라도 굴욕을 참으며 견뎌내야 하는 것이 우리의 삶이다. 그것이 바로 자신을 속이지 않는 용기 있는 자의 행동이다.

자신의 가치를 발견하는 일이야말로 인생에 있어서 가장 중요한 일이다. 자신의 가치를 발견하기 위해서는 본성을 알아야 한다. 본성은 겉으로 드러나는 본능과는 달라서 내면 깊숙이 존재하는 순수한 가치이며 인간의 참모습이다.

존경 받을 사람

우리는 어떤 사람들을 존경하고 존경할 가치가 있다고 생각하는 사람은 누구일까. 대체로 존경하는 인물들을 거론하라고 하면 역사적으로 훌륭한 업적들을 남긴 분들 아니면 대통령, 유명한 학자, 뛰어난 운동선수, 저명한 정치가나 법조인, 선생님, 성공한 사업가 등 거의 모든 분야에서 정상에 섰거나 정상 가까이에 오른 인물들을 거론한다.

그러나 각 분야에서 정상에 오르지 못했지만 정상하고는 거리가 먼 사람들 중에서도 존경할만한 인물들이 수 없이 많다. 특히 열악한 조건에서도 투혼을 발휘하여 나름대로 한계를 극복했거나 정상과는 거리가 있지만 어떻게 살아왔느냐를 따진다면 정말 존경받아야 마땅한 이들은 많다. 또한 그들의 업적을 발굴하여 우리의 본보기로 삼아 닮고 배우도록 해야겠다.

정상에서 내려다보면 세상이 눈 아래로 보이지만 정상에 선 사람들의 입장에서 보면 자리를 지키는 것도 쉽지 않다. 자신보다는 못하지만 정상에 오르려고 노력하는 사람이나 정상이 한계라는 것을 알고 있으면서도 한발짝씩 나아가는 이들도 위대하다. 정상에 오른 사람들부터도 존경받을 가치가 충분히 있다.

하물며 일반인들은 앞으로 한걸음씩 나아가기 위해 혼신의 힘을 쏟고 노력하는 이들을 존경한다. 그들의 가치를 인정하면서도 결과가 화려하지 못하고 영광스런 곳에 미치지 못하면 아무도 주목하지 않는다. 심지어 무시하는 경우도 있다.

현재의 언론 매체를 비롯한 대다수의 사람들은 정상만 조명하고 화려한 결과만 열광할 뿐이다. 한걸음이라도 앞으로 나아가려고 이면에서 피나는 노력을 하는 사람들을 외면한다. 정상에 오르지 못한 이들을 격려해주고 이해하는 마음이 부족한 것 같다.

세상의 모든 것들은 겉으로 드러난 결과가 매우 중요하다. 그렇지만 그 과정에서 어떻게 노력했으며 양심을 지키며 살아왔는가 하는 것이 더 중요하다. 우리는 땀 흘려 일한 그들을 존경하고 본보기로 삼아야 한다. 결과는 매우 화려하지만 정당한 과정이 아니고 부당한 방법으로 성공을 일구었다면 존경의 대상이 될 수 없다.

천부적인 재능을 가지고 태어나 피나는 노력의 대가로 영광의 자리에 우뚝 선 자들이 존경받는 것은 당연하다. 재능이 모자라고 정상하고 거리가 있다는 것을 알면서도 앞으로 나아가기 위하여 노력하는 이들에게 박수를 보내야 한다. 보통 사람들, 일반 서민들, 선량하고 정당한 노력의 대가만 바라고 최선을 다하는 우리도 존경받을 이유는 충분하다.

중간 관리자

규모가 크든 작든 회사라면 최고 관리자인 사장과 중간 관리자, 그리고 일반 사원이 있게 마련이다. 조직의 동맥이라 할 수 있는 중간 관리자의 역할에 대해서 한번쯤은 생각해 보게 마련이다. 나는 직접적으로 현장 사람들을 대하기 때문에 현실을 상사에게 보고하며 일선의 현장 사람들도 중간 관리자를 통하여 애로 사항을 호소한다. 또한 회사의 방침이나 목표, 작업지시 등을 받게 된다. 중간 관리자가 어떻게 하는 것이 바람직한지 정석을 찾기란 여간 어렵지 않다.

어떤 이는 최고 관리자의 말을 중간에서 세탁하여 하급자에게 전달한다. 하급자의 요구도 중간에서 취사선택하여 최고 관리자에게 전달한다. 중간에서 조정하고 관리하는 것이 자신들이 할 일이라고 생각하는 이도 있다. 이렇게 되면 분란과 마찰은 어느 정도 미연에 방지할 수는 있을지 모르나 진실이 왜곡되고 최고 관리자나 현장직원 모두가 신뢰를 잃을 수도 있다.

또 어떤 경우에는 최고 관리자의 입장에서만 이해하고 부하 직원의 고통은 헤아리지 않는다. 최고 관리자는 일선 현장의 고통을 몸소 체험하지 않으므로 현실에 어둡다. 생산성과 효율성만 추구하고 자신의 실적만 목표로 삼는다면 부하직원으로부터 원성을 피할 수 없다. 인간관계도 소원해질 수밖에 없다.

이런 경우에는 최고 관리자의 신임을 당분간은 얻을 수 있다. 그렇지만 유능한 최고 관리자는 조직 전체를 위하여, 특히 장기적인 안목에서 중간 관리자를 배척하는 경우가 발생한다. 출세하려면 아부를 잘해야 한다는 속설이 있기는 하다. 결코 유능하고 실력 있는 중간 관리자는 아부로 승부를 걸지 않으며 현장직원들과 같이 고통을 나누면서 최고 관리자를 보좌한다. 최고 관리자의 눈치와 아부로 일관한다면 조직은 속이 썩어 곪아터지고 만다.

또 다른 어떤 중간 관리자는 직원들의 입장에서 서서 최고 관리자에게 무리한 요구를 하는 이도 있다. 이럴 경우 부하직원으로부터는 신뢰와 존경을 받겠지만 최고 관리자에게 신임을 잃기 쉽다. 심지어 회사를 말아 먹을 놈이라는 소리를 듣기도 한다. 그래서 중간 관리자의 역할이 만만치 않다.

중간 관리자는 회사의 입장을 그대로 부하직원들에게 전달하고 일선의 요구도 그대로 최고 관리자에게 전달해야 한다. 서로의 입장 차이를 인식하도록 하여 적정한 선에서 양보와 타협에 이르도록 가교 역할을 해야 한다.

어느 한 쪽의 입장에 서면 다른 쪽으로부터 배척을 당하기 쉽다. 중간 관리자가 자기 입장에서 유리한 쪽으로 치우친다면 결국 양쪽 모두로부터 배척당하는 경우도 발생한다.

강자의 입장에서 서서 권력에 기생했던 많은 이들이 세상이 바뀜에 따라 몰락의 길로 걸어간 것을 수없이 많이 보았다. 이러한 사실을 역사가 이야기하고 있다. 또한 약자의 편에 서서 강자와 싸우다가 희생당한 이 또한 얼마이던가.

유능한 중간 관리자는 무엇보다 약자를 보호하고 강자의 입장을 이해하면서 봉사와 사랑으로 조직원들을 대해야 한다. 조직에 충성하면서 인간적인 모습으로 직원들을 대하며 왜곡이 없는 소통의 동맥이자 막힘없는 통로가 되어야 한다.

지구촌 시대

이제 인류는 한 동네에 거주하는 이웃이라고 하여도 과언이 아니다. 멀고도 먼 나라, 가깝고도 가까운 나라는 존재하지 않는다. 지리학적으로 조금 먼 나라도 있고 가까운 나라도 있으나 교통통신의 발달로 하루 이틀이면 지구촌 어디라도 갈 수 있다.

옛날 마산에서 한양까지 한 달이나 걸린 것을 생각하면 정말 지구라는 동네는 모두가 이웃이다. 경제적, 정치적 이유로 조금 더 친근감 있고, 다정한 이웃도 있고 조금은 낯설고 어색한 국가도 있다. 하지만 같은 동네에 살면서 편 가르기를 하는 마을은 아름다운 마을이 아니다.

조금 잘 산다고 갑질하는 것 역시 이웃으로서는 할 짓이 아니다. 하지만 현실을 무시하고 책상 앞에서 이야기하고 토론하는 것 역시 바람직하다고 할 수 없을 것 같다. 이불 뒤집어쓰고 만세운동하는 것과 별반 다르지 않다. 하지만 이웃이 어려우면 도와주는 것이 우리 전래의 전통이요 인간의 도리이지 싶다.

먹고 살기 위해 이 땅을 찾은 외국인들에게 우리가 이웃으로서 해줄 수 있는 것이 무엇이겠는가? 같은 동네 사람, 지구인, 외국인에 대한 의료보험 실시와 심지어는 불법체류자에게도 의료보험을 실시하여 이웃에 대한 사랑과 인간 사랑을 행하는 국가와 국민이 되자.

의료는 인간으로서의 기본 권리이다. 국민으로서의 권리일 뿐만 아니라 인간 그 자체의 생존 권리이다.

평준화

평준화란 중간을 만드는 것도 아니요 그렇다고 남의 것을 빼앗아 똑같이 나누는 것은 더욱 아니다. 너무 많은 차이가 있을 때 어느 정도 해소하면서 합리적인 방향으로 나아가고자 함이다. 정당한 사유 없이 혜택을 보는 것을 방지하고 선입견과 예단을 없애주며 사회 계층 간의 불신과 위화감을 해소시킨다.

100미터 달리기를 할 때 똑같은 출발 선상에서 출발하자는 것이다. 전문적이고 체계적인 훈련을 받은 사람과 평범한 사람이 경주를 한다면 경기 룰을 다르게 하는 것이 평준화의 의의라고 생각한다.

모자라는 부분과 약함을 보충해주는 것이 평준화의 뜻이다. 넉넉한 자로부터 빼앗거나 강한 자를 약하게 만들어 다같이 못 살고 약해져 서로 비슷하게 만드는 것은 평준화를 남용하는 것이다. 즉 다같이 강해지고 다같이 잘 살자는 것이 우리의 목표다.

어떤 한 집단에 우수한 인재가 많이 몰리면 그 집단에 필요한 정도만큼만 엘리트를 선발하면 될 것이다. 다른 집단으로 엘리트를 골고루 분산시켜 모든 조직에 활력이 넘치도록 하고 서로 자부심을 가질 수 있도록 하는 일이 중요하다. 이것이 정치지도자나 사회적 영향력을 행사하는 인사나 대기업, 또는 정부가 할 일이다.

요즘 같이 힘든 취업전쟁에서 지방이나 수도권이 대학 수 별로 신규채용을 할당한다든지 광역자치단체별로 인구비율에 따라서 채용 인원수를 정하는 방법도 있다. 이렇게 하면 고등학교 때부터 시험에만 매달려 교양서적 한 권 읽지 않고 상급학교에 진학하는 불행한 현실을 어느 정도 예방할 수 있을 것이다. 또한 다양한 사회경험을 할 수 있는 기회도 마련해 줄 수 있다.

이렇게 되면 자연히 서울 명문대에 진학해서 학벌의 혜택을 보겠다는 이도 적을 것이다. 지방대학에 다녀도 열심히 공부하고 자기 능력을 계발할 수 있는 동기가 부여된다. 학창시절에 많은 활동을 해 볼 기회를 제공할 수도 있다.

지방에서 공부해도 사회의 시선이 서울 명문대생과 동일하게 인정을 받는다면 굳이 수도권에서 공부할 필요가 없다. 특출한 꿈을 가지고 있는 학생 외에는 가정형편도 안 되는데 무리해서 서울로 유학할 이유가 없지 않겠는가.

스포츠에서도 훌륭한 팀은 한두 명의 특출한 기량을 가진 선수를 보유한 팀보다 선수 개개인이 모두 훌륭한 기량을 보유하면 유리하다. 단기 게임에서는 모르겠지만 장기적으로 보면 고른 기량을 보유한 팀이 훨씬 강하다. 국가 전체의 발전과 조국의 미래를 위해서는 당장은 부작용이 나타날지도 모르겠으나 고교 평준화와 대학 서열화 해소가 반드시 필요하다.

특히 정책 결정에 참여하는 사람들은 다양한 문화와 사회체험, 개방된 사고를 유지하고 사회 구석구석을 이해하기 위해서는 서울의 문화만 숙지해서는 안 된다. 중앙의 문화는 물론이고 지방 곳곳의 실태와 문화를 이해하기 위해서는 지방에서 자라고 지방에서 대학을 졸업한 사람도 꼭 필요하다고 본다.

현명한 자

결론부터 말한다면 자기 자신을 아는 사람이야말로 진실로 현명한 사람이다. 고대 그리스 델포이 신전에 있는 '너 자신을 알라'라는 글귀는 바로 현명한 자는 자기 자신을 아는 자라고 이야기하는 것 같다. 아들을 이해하는데 아비보다 더 잘 아는 자는 없다고 하였다. 물론 자신은 객관적이기 보다 주관적으로 볼 가능성이 많다. 자신만이 아는 비밀도 있으며 능력과 약점, 장점 등 어느 누구보다도 잘 알 수 있다. 하지만 자신에게 너무 관대하면 스스로 자신을 속이는 일이다.

지혜로운 자는 자신을 있는 그대로 평가하고 변명하지 않으며 진솔할 줄 아는 자이다. 자신을 알아야만 무엇을 해야 할지, 어떤 방법을 선택해야 할지, 어떤 시기에 무엇을 해야 할지, 어떤 인생을 가야 할지 해답을 구할 수 있다.

막연히 자신감 하나만으로 일을 시작하다 인생의 낙오자가 된 이도 허다하다. 반대로 재능이 있음에도 불구하고 자신을 과소평가하여 하느님, 부모님, 조상님이 주신 은혜와 주위의 많은 지인들의 도움과 기대를 저버리고 자신의 재능을 매몰시키며 인생을 사는 이 또한 얼마인가.

인간은 누구나 혼자서 살아오지 않았으며 혼자서는 살아갈 수 없는 존재이다. 친구들과 이웃의 도움, 선생님의 가르침과 선배님들의 깨달음 등을 배우고 익히면서 성장하였다. 앞으로도 그렇게 살아갈 것이다. 이런 분들의 노력을 헛되게 하는 행위도 어찌 보면 배은망덕이라고도 할 수 있다.

재능이 있으면 그 재능을 십분 발휘하는 일이야말로 모든 분들의 은혜에 보답하는 길이다. 이러한 사실은 우리 모두가 잘 알고 있다. 자신이 누구인지, 어떤 사람인지, 어떤 재능의 소유자인지, 자기 자신을 아는 자야말로 진실로 현명한 자이다.

휴식

인간은 물론 온갖 생물, 그리고 인간이 만든 이기 등 움직이고 작동하는 모든 무생물 또한 휴식이 필요하다. 반드시 휴식을 즐겨야 한다. 휴식이 없다면 움직이고 살아있는 모든 것들은 지쳐서 파괴되고 말 것이다. 심지어 자연 현상인 바람조차 휴식을 취하며 개천을 흐르는 물조차 밤에는 잔다는 이야기가 있다.

휴식이라고 해서 아무 것도 하지 않는 것이 아니다. 하던 일과 다른 어떤 활동을 하는 것도 휴식이라 할 수 있다. 예를 들면 공부만 열심히 하다가 가벼운 운동 또는 텔레비전 시청하기, 신문이나 잡지 보기, 취미활동 등 기분전환이나 몸 컨디션 조절을 위한 것이라면 좋은 휴식이라 할 수 있다.

휴식을 취하지 않으면 우리는 견딜 수 없다. 그야말로 브레이크 없는 기관차라 말할 수 있다. 견디다 못해 파열되어 죽거나 아니면 어쩔 수없이 강제 휴식 상태에 들어갈 수밖에 없다.

자율적으로 조절하지 못한다면 그는 진정한 자유인이 아니다. 프로라고 말할 수 없다. 자신의 몸 상태는 자신이 가장 잘 알며 견딜 수 없는데도 계속 무리한다면 현재는 견딜 수 있지만 내일 모레까지 영향을 미친다. 현명한 사람이라면 극히 예외적인 경우를 제외하고는 적당한 휴식을 가질 필요가 있다.

젊은 시절 20대에는 웬만큼 피곤해도 하루만 자고 나면 피로가 거의 가시곤 했다. 세월이 흘러 이제는 나도 50대 중반이 되고 보니 피로가 누적된다. 일주일에 한 번은 꼭 쉬려고 하며 평소에도 약간의 운동으로 피로를 푼다. 몸이 피로하면 장사가 따로 없다. 무조건 휴식밖에는 답이 없다.

무슨 일을 하든 아니면 무엇을 먹든 쉬어가며 리듬을 가지고 강약을 조절해야만 한다. 그래야만 육체적, 정신적 건강을 유지할 수 있고 행복할 수 있다. 그런데 누적된 피로는 하루 이틀 쉰다고 회복되지 않는다.

솔직한 심정으로 8년째 힘든 노동을 하니 두어 달쯤 쉬고 싶다. 여건만 허락된다면 유급인지 무급인지 상관없이 쉬고 싶다. 대략 5년 정도 근무하면 한 달, 10년 근무하면 두 달, 다시 5년 더 근무하면 한 달 정도, 10년 더 근무하면 두 달 정도 쉬게 한다. 에너지를 충전하는 기회와 기분전환, 그리고 평소에 꼭 하고 싶었던 일, 가고 싶었던 곳을 여행할 수 있는 기회를 제공한다.

가족과 함께 마음 편히 지낼 수 있는 시절이 왔으면 하는 바람이다.

흔한 것이 소중한 것

경제학에서는 희귀성을 가치 있는 것으로 여긴다. 그러나 진짜 소중한 것은 우리 주위에 있는 흔하디흔한 물과 공기, 흙과 돌, 불같이 쉽게 구할 수 있는 것들이다. 우리 일상에서 꼭 필요한 것들은 금과 은, 다이아몬드 같은 귀금속이 아니다.

우리 자신에게 소중한 사람은 가족과 친구, 이웃과 직장동료이다. 텔레비전에 나오는 사람, 유명한 사람들이 아니다. 물론 유명 인사나 학식이 높은 사람, 성공한 사람 등이 가치 있는 삶을 살았다고 할 수 있다. 그분들이 인류 발전에 공헌을 했다 할지라도 이 땅의 주인은 주위에 있는 소시민들이다.

물론 언변이 좋지 못하여 자기주장을 똑 바로 표현하지 못 할지라도, 학식이 얕아서 정치 모리배들의 선동에 쉽게 넘어갈지라도, 정보가 부족하고 지식의 한계로 상황을 바르게 판단할 수 있는 능력이 부족할지라도 그들이 바로 착한 우리 이웃이다.

선동보다 우리 국민들이 똑바로 판단할 수 있도록 홍보와 설득의 기본 소양을 갖춘 자가 정치인이 되어야 한다. 무조건 아부하는 정치보다 이 나라의 주인들을 위하는 길이 무엇인지 이 땅의 장래를 위해 선택할 때만이 주인을 똑바로 모시는 정치인이라 말할 수 있으리라.

고되고 힘든 일, 위험해서 남들이 꺼리는 일을 사회적 약자가 되어 묵묵히 수행하는 근로자를 존중하는 사회가 되어야 한다. 생존을 위하고 가정을 위해 성실히 살아가는 서민이야말로 착한 사람들이다. 보수도 약하고 합당한 대우도 받지 못하는 그들이 바로 이 땅의 주인들이고 우리의 가장 소중한 이웃이다.

대포 한 잔으로 피곤을 잊고 살며 평범한 삶을 사는 우리의 이웃이다. 그저 갑남을녀甲男乙女요 장삼이사張三李四들이야말로 가장 소중한 존재들이고 모든 정책의 표준이 되어야 한다. 그들을 기준으로 하여 정책을 세우고 시행한다면 민주국가로 가는 지름길이 될 것이다.

제3부

우리 겨레가 가꾸는 거룩한 이 땅

가장 강력한 무기

인류의 역사는 전쟁의 역사라 하여도 크게 틀린 말은 아닐 것이다. 전쟁은 위력적이고 강한 무기의 발달을 촉구했다. 그에 따라 무기는 발전에 발전을 거듭하여 오늘날에는 핵무기를 비롯하여 재래식 무기와 첨단 무기 할 것 없이 엄청난 양이 생산되었다. 그 위력은 지구를 몇 번이고 멸망시킬 수 있다고 한다.

하지만 진정으로 강한 무기는 사람의 양심이다. 태고적부터 오늘날에 이르기까지 미래에도 존재할, 아니 인류가 존속하는 한 언제나 함께할 무기이다. 이 양심이라는 무기는 인류가 만든 모든 무기를 다 사용하여도 파괴할 수 없으며 미래에 최첨단 무기를 개발하여도 양심을 이길 수는 없다.

하느님조차 양심 앞에는 고개를 숙일 것이다. 하느님보다 더 높고 위대한 분이라도 양심이라는 무기를 이길 수 있는 병기를 개발한다는 것은 불가능하다.

또 하나의 강한 무기는 인간의 두 손에 꼭 쥐어준 노력이라는 재래식 무기이다. 이 재래식 무기가 인간을 인간답게 만들었고 의지와 의형제를 맺어 문명과 문화를 진보시켰다. 운명과 재수에 인생을 맡긴 자들을 웃음거리로 만들었다,

위의 두 가지 무기만 잘 사용하고 보존한다면 인류의 미래는 태양보다 더 밝고 장미꽃보다 더 아름다운 꽃길이 될 것이다.

가장 군센 자

세상에는 수많은 영웅들이 존재했고 앞으로도 많이 나타날 것이다. 헤라클레스, 항우, 관운장, 여포, 악비, 칭기스칸, 알렉산더, 시이저, 나폴레옹 등 역사의 한 페이지를 장식한 이들이 정말 강한 자들이라고 많은 사람들이 동의할 줄 안다. 하지만 역사책에서는 이름을 찾을 수 없는 평범한 사람들 중에서도 강자는 존재했었다.

이름하여 양심가로 불린 사람이 바로 그들이다. 자신을 조금만 속인다면 입신양명할 수도 있었고 시쳇말로 잘 먹고 잘 살고 돈과 권력을 한 손에 움켜쥘 수 도 있었다. 양심한테 져서 차가운 감방이나 무시무시한 고문실, 심지어 교수대에 목을 매달리면서도 양심을 팔아먹지 않은 이들이 있었다. 도대체 양심이란 놈이 얼마나 강한 자이기에 신념 있고 지조 있으며 의로운 사람들을 구속하는가.

인간의 육신은 시간과 공간의 제약을 받으므로 '2차원 세계'에 존재한다. 여기에 생각하는 물질이 가미되면 시간과 공간에 구속을 받지 않는 '3차원 세계' 즉 이론과 실천이 일치하는 세상이 된다.

생각하는 물질, 다시 말해서 지능은 3차원의 생물학적 감각이다. 여기에 양심이 더해져서 인간 세상을 포함하여 우주 전체에 아무런 부작용 없이 만물이 완벽한 조화를 이룰 때 4차원의 생물이 된다.

육신은 자연의 작품이고 자연인은 하느님을 존경한다. 하느님의 뜻대로 움직이지만 자연인이나 하느님도 생각하는 물질, 다시 말해서 지능은 어쩔 수 없다. 어떻게 통제할 수가 없다.

육신에는 고통을 가할 수 있지만 지능에 고통을 주고 또한 설득할 수 있는 자는 많지 않다. 하느님이나 권력자, 여론과 군중도 아닌 오직 양심만이 할 수 있을 뿐이다. 양심이란 녀석은 너무 맑고 깨끗하며 부드럽다. 강하고 연약하며 어떻게 말이나 글로 다 표현할 수 있을까.

녀석은 모든 힘의 원천이고 자유를 누릴 수 있는 근원이다. 양심을 통제할 수 있는 자에게는 어떤 것도 무서울 게 없다.

교육의 정상화

교육은 백년지대계라 한다. 농사는 한 번 실농한다 해도 다음 해에 잘 지으면 회복 할 수 있다. 나무를 가꾸고 키우는 데는 10년의 시간이 소요된다. 하물며 인재를 양성하여 나라의 동량지재棟梁之材를 만드는 일이 얼마나 어렵고 오랜 기간이 걸리는가. 또한 한 번 실패하면 수십 년을 기다려야 하니 얼마나 중요한 일인가. 만사는 인사에 달려있다고 하여도 틀린 말은 아니니라.

나의 학창 시절에는 아직 민주화의 바람이 그렇게 세지는 않았고 또한 학생 인권 같은 문제는 사회의 주요한 이슈도 아니었다. 학생들의 인권이 침해되는 경우도 있었고 어떤 경우에는 선생님의 그날 기분에 따라 매타작을 당하기도 했다. 하지만 대부분의 선생님들은 학생에 대한 열정과 공부보다는 먼저 인간이 되라며 인성을 중요시 하였다. 학부모들도 학교에 자식들을 맡겨놓고 무조건 선생님 말씀에 따르라고 타일렀다. 자식들의 인성을 위해 스승에 대한 존경과 감사하는 마음을 심어주려고 했다.

그런데 요즈음의 교육 현장에서는 선생님을 존경하고 감사한 마음을 키우는 데는 교육 환경이 좋지 못한 것 같다. 만약 지식만 습득하는 곳이 학교라면 학원이나 가정교사에게 배우는 것이 오히려 효과적일 수도 있다. 왜 긴 세월 동안 학교생활을 하고 시간적 경제적 투자를 해가며 교육할 필요가 있는지 한번쯤 고려해 볼만하다.

가정을 떠나 단체생활을 하는 것은 개인이 모여 사회를 이루고 한 구성원으로서의 의무를 다하기 위한 훈련을 익히기 위해서이다. 개인의 이익과 단체의 이익은 상충될 수밖에 없다. 여기에 학교라는 공동체의 존속과 발전을 위해서 개인의 개성과 이익을 사회의 일반이익과 조화를 이루게 하는 생활을 터득하게 된다. 즉 타인과 융합하고 배려하는 마음과 생활을 실천하는 곳이 바로 학교이다. 물론 여러 선생님들로부터 지식 외에도 지혜가 담긴 말씀을 들을 수 있다.

학생 자신은 인격의 함양과 사회의 일원으로서 꿈을 키우고 미래를 설계해야 한다. 이런 학생들을 키우려면 교사부터 모범이 되는 생활 태도를 가져야 한다. 교사는 학생들의 인성 교육에 보다 적극적인 역할을 해야 하며 때로는 꾸짖고 경우에 따라서는 칭찬을 아끼지 않아야 한다.

물론 체벌을 해서는 안 된다. 학생이나 어린이나 할 것 없이 모두 존엄한 인간이기 때문이다. 하지만 그냥 무관심해서도 안 된다. 당연히 예의를 지키지 않거나 이기적인 행동을 할 경우에는 상담 지도를 하고 봉사활동을 명할 수도 있다. 최선의 노력을 다하여 사회에 필요한 인재를 육성해야 한다. 물론 학부모들도 학교 출입을 자제하고 모든 것은 학교에 맡겨야 한다. 만일 징계를 내리더라도 학교의 처분에 따르는 사회 분위기가 절실하다.

물론 학교 공부도 중요하다, 학벌을 많이 따지는 우리 사회에서 진학은 매우 중요한 일이다. 취업하기가 절벽인 현재의 상황에서 좋은 직장에 들어가서 안정된 생활을 하려면 공부가 중요한 것은 사실이다. 문제는 취업만 하고 나면 책하고는 이별한다는 것이다. 이런 공부는 장기적 안목에서는 필요 없다.

이제는 우리 사회도 생활의 질이 크게 나아졌다. 사회생활을 하더라도 공부하고 학문을 할 수 있게 시간적인 여유를 가질 수 있다. 수명의 연장과 건강한 중 장년 또는 노년기를 맞이할 수 있으므로 학문에 재도전할 수 있다. 학창 시절의 공부는 기본적인 공부이고 단지 취업을 목적으로 하는 학업에서 진정한 학문의 맛을 음미할 수 있는 행운을 잡아야 한다.

학교 교육은 지식을 전하는 공부보다 인성교육이 더 중요하다. 더불어 사는 사회의 구성원으로서 자격을 갖춘 인재육성이 목표가 되어야 한다.

군주와 국민

절대 군주제가 확립되기 전에는 백성들이 한발이나 기근, 대홍수 등을 만나면 군주는 그 책임을 졌고 심지어 군주가 물러나거나 죽임까지 당하였다. 그러나 절대 군주제가 확립되면서 권력은 신성불가침하게 되었으며 정권의 안정을 가져왔다. 즉 왕토 사상 하에서는 모든 백성은 군주의 것이었고 토지 등 모든 것이 군주의 소유물이 되었다. 그런 상황에서도 맹자는 '군주는 배와 같고 백성은 물과 같다'고 하여 물은 언제든지 배를 뒤집어엎을 수 있다고 혁명의 가능성을 시사하고 있다. 또한 절대 군주제 아래서도 '민심이 천심'이라 하여 백성이 임금보다 더 귀중하고 존엄하며 소중하다고 역설했다.

현대는 자유민주주의 시대다. 누가 무슨 말을 한들 주권은 국민에게 있고 국민 위에 군림하는 자는 존재할 수 없으며 존재해서도 안 된다. 모든 권력은 총구에서 나오는 것이 아니라 국민으로부터 나온다. 옛날 절대 군주는 신하나 백성이 군주를 속이면 대역죄인인 만큼 엄벌을 내리며 심지어 목숨까지 앗아갔지만 누구도 그런 행위가 잘못되었다고 말하지 않았다. 모든 것은 군주의 소유물이고 군주의 백성인 한 군주를 속이는 것은 금기 사항이었기 때문이다.

현대에는 국민이 주인이고 국민이 가장 존엄한 존재임을 부정하는 사람은 없다. 자유민주주의 체제에서 정권을 잡은 정당이나 후보자가 대통령에 당선되면 절대 군주나 된 것처럼 착각하는 듯한 언행을 한다. 가장 큰 문제는 일당 독재도 아니고 대통령의 독선도 아닌데 국민을 속이고 우롱하는 데 있다. 국회의원을 포함한 공직자는 말은 국민의 봉사자이며 머슴이라고 하면서도 실제로는 국민을 기만한 일이 많았다. 그들은 국민 위에 군림하려 했고 국민을 속였으며 주권자를 바보로 만드는 일을 했다.

물론 국정을 운영하고 국가의 안보를 위해서는 기밀을 유지하고 국민의 알 권리도 제한할 수 있다. 하지만 국가와 국민을 위한답시고 실제로는 정권을 유지하기 위하여 독재를 하였다. 언론 출판 등의 자유를 제한하여 국민의 눈과 귀를 멀게 하고, 국민의 입을 막았으며, 심지어 국민을 상대로 사기극까지 벌였다. 법원 등에서 명예회복을 위한 판결과 수많은 청원 등이 그러한 경우이다.

옛날 절대 왕권이 백성들을 시험하며 상벌을 주었듯이 이제는 국민들이 정권에 채찍과 사탕을 줄 때가 되었다. 또한 국민이 정권을 시험해야 한다. 통치자와 행정부가 국민의 충성스런 종복인지를 평가하여 보상으로 명예와 더불어 역사에 길이 기리도록 해야 한다. 반대로 기만과 모략으로 가득한 정권은 준엄하게 심판하여 비리를 만백성에게 알려야 한다. 모든 혜택도 취소하고 역사에 기록하여 자손만대 오명을 남게 하며 국민 앞에 세워 공정하게 심판해야 한다.

인간은 불완전한 존재이다. 이러한 정체성은 옛날 군주나 백성, 현대의 정권을 잡은 여당이나 야당을 불문하고 누구나 피할 수 없다. 고의로 국민을 속이고 정권을 유지하려 온갖 모략과 중상을 일삼는 것은 인간이 원래 불완전한 것과 차원이 다르다. 이러한 행위를 세상에 널리 알려 국민의 심판과 역사의 심판을 받게 해야 한다.

훌륭한 아버지는 돈만 잘 벌어 준다고 의무를 다하는 것이 아니다. 경제적 여유와 함께 자식들의 잠재력을 개발해 주고 인격의 성숙을 도와주며 가족의 고통을 함께해야 한다. 또 즐거움도 같이 나누는 화목한 가정을 이루었을 때 훌륭한 아버지라고 할 수 있다.

민심이 천심이라 하였다. 국민은 결코 하늘이 아니고 하늘보다 수백 배나 위대하고 존엄한 존재이다. 또한 하늘보다 수십 배나 무서운 존재라는 것을 위정자들이 알았으면 한다.

금연 정책

담배는 몸에 이로운 것보다 해로운 것이 훨씬 많다는 이유로 금연 정책을 시행하고 있다. 물론 담배를 피우면 비흡연자에게는 고통이 될 수도 있고 담뱃불로 화재도 발생할 수 있다. 경제적으로도 전혀 생산적이지 못하다. 하지만 금연을 유도한다는 핑계로 담배 값을 너무 많이 올렸다. 이런 논리는 담배를 부의 상징으로 만들어 돈 없는 서민은 담배를 피우지 말라는 것과 같다.

실로 담배를 많이 피우는 계층은 서민들이며 그 중에서도 3D업종에 종사하는 이가 많다. 피곤하고 고될 때 한 개비의 담배로 애환을 달래 왔다. 나누어 피우는 담배 인심으로 사교를 하기도 했다. 정말 서민들의 담배 값 부담은 만만치 않다.

심한 말로 서민들의 고혈을 짠다고 말하고 싶다. 애연가들 대부분은 금연을 하고자 하나 의지부족과 주위 환경의 여건 그리고 이미 담배에 중독되어 있다. 잠시 담배를 끊었다가도 심한 스트레스를 받으면 다시 피운다.

특히 대한의 아들들은 누구나 신성한 국방의 의무를 수행하게 된다. 힘들고 고된 훈련을 소화해내면서 담배를 배웠고 화랑 연기로 전우애를 다졌다. 군가 역시 한 개비 담배로 군 생활을 한다는 내용도 들어있다. 이런 것이 전역 후에도 이어져 애연가가 되었다. 힘들고 고되며 스트레스를 받았을 때 한 개비 담배로 해소하는 것 같다. 국가는 국방의 의무를 수행하면서 니코틴에 중독된 대한의 아들들에게 무슨 보상을 해 줄 것인가? 그 보상이 담뱃값 대폭 인상이란 말인가?

진정으로 국민 건강을 위하여 금연 정책을 실시하려면 이미 니코틴에 중독된 자들을 끊게 하기보다는 새로운 흡연자를 예방하는 것이 근본적인 정책이 되지 않을까?

호기심에 담배를 피우는 이를 예방하려면 대략 19세 이상 40세 미만의 성인 남녀들에게 보건소에서 발행하는 담배 피우고 살 수 있는 허가증을 소지하게 해야 한다. 이미 니코틴에 중독된 자에게만 허가증을 주든가 아니면 병원의 허락을 받은 자에 한해 허용하면 억지로 금연 정책을 시행할 필요성이 줄어들 것이다. 40세가 지나서 흡연을 시작하는 경우는 드물고 담배를 시작한다 하더라도 그만한 이유가 있기 때문이다.

우리나라의 획기적인 정책 중 하나인 대동법도 100여 년에 걸쳐 연구와 개정을 거쳐 시행할 수 있었다. 너무 조급하게 금연 정책의 효과를 기대하지 말고 시간을 두고 자연스레 이루도록 하는 것이 좋다. 그러면 개인의 자유와 권리를 침해하지 않으면서도 정책의 성공을 기대할 수 있을 것이다.

길거리에서 꽁초를 줍고 담배 한 개비를 구하기 위하여 쓰레기통을 뒤지는 우리의 가난한 어르신과 헐벗은 친구들이 보이지 않는가?

기계론

기계는 인간이 만들었고 사람을 위해 사용하고 제어한다. 자유의지를 부정하면 인간도 한낱 기계에 지나지 않는다. 이 이론을 사회조직에 대입하면 공무원, 곧 국민의 대표자인 대통령과 국회의원, 각 지치단체장은 국민의 기계가 된다.

기계가 고장을 일으키면 수리나 부품 교체 등 점검이 필요하다. 오퍼레이터는 유능한 숙련공이 되어 기계의 상태를 잘 파악하며 정비와 기계의 오작동을 방지하는 정도의 기술은 보유하고 있어야 일류 기술자라 할 수 있다.

공무원의 오퍼레이터는 국민의 대표자이고 대표자의 오퍼레이터는 국민 개개인이다. 일류 기술자는 기계의 상태를 잘 파악하며 응급조치능력도 탁월하며 기계를 수리해야할지 폐기해야 할지를 판단한다. 조금 비용이 더 들더라도 성능 좋은 기계를 구입할 것을 사장에게 건의하기도 한다.

기계를 수리 정비한다는 말은 공무원의 경우를 보면 재교육을 시키거나 연수 등을 통하여 능력을 보충 개발하는 것을 의미한다. 폐기한다는 말은 공직에서 물러난다는 뜻이다.

만약 일반인이 시민으로서의 품행과 의무를 다하지 못한다면 일단은 사회 교육을 통하여 정비해야 한다. 그래도 부족하면 교도소에서

교화를 거쳐 새로운 사람이 되어 사회에 진출하게 된다. 그들을 세상의 빛과 소금이 되는 사람으로 거듭나게 도와주어야 한다. 무엇보다도 유능한 오퍼레이터가 중요하다. 유능한 오퍼레이터를 보유하는 일이야말로 회사 발전의 주춧돌을 놓고 대들보를 확보하는 셈이다.

인간이 만든 텔레비전, 자동차, 로봇 등이 말썽을 부리면 먼저 기계를 원망한다. 사실은 잘 못 만든 제조사나 사용에 서툰 사람의 잘못이다. 이것과 마찬가지로 조물주가 인간을 불완전하게 만들어 놓은 것인데도 모든 죄를 사람에게 뒤집어씌우는 것과 같다. 서글픈 일이지만 크게 보면 인간도 기계와 다를 바 없다. 기계가 에너지를 공급받아야 하듯이 사람도 영양을 섭취해야 한다.

수명이 다하면 기계가 폐기되듯이 인간도 시간이 흐르면 회사나 어떤 조직체로부터 도태되며 결국은 죽음을 맞이한다. 그러나 조물주는 다른 기계와는 달리 인간에게는 양심을 주었고 노력이라는 두 글자를 가슴에 심어 두었다.

양심과 노력이라는 두 단어를 가슴에 앉고 살아가면 불완전한 인간도 점차 완전한 인간으로 다가갈 수 있다. 조물주도 완성하지 못한 인간을 스스로 반성하고 정진하면 완벽에 가까운 지상낙원을 이룰 수 있을 것이다.

대한민국 브랜드

미국은 신용사회이다. 신용이 없으면 생활하기 힘든 나라이고 신용 그 자체가 브랜드이다. 일본은 품질을 우선시 한다. 아무리 시간이 오래 걸려도 적당히가 없고 정확과 실용성이라는 품질을 브랜드로 정한다. 유럽은 미적 가치를 중요시하는 디자인을 브랜드로 삼고 있다.

그러면 대한민국은 무엇을 브랜드로 해야 할까? 수많은 분야가 있겠지만 예로부터 지켜왔던 동방예의지국답게 예의를 브랜드로 하면 어떨까? 고장별로 기초자치단체 별로 실정에 맞게 예의교육을 함으로써 예의바른 대한민국을 전 인류에게 전하는 것은 어떨까.

초등학교 아니 유치원 때부터 학업을 마친 사회인까지 모두 예의의 중요성과 인간의 도리를 전하여 성인군자는 아닐지라도 비슷하게는 되려고 노력하는 모습을 보이게 하자. 그러면 조금 더 화합하는 사회가 되고 풍성한 인간미가 넘치지 않을까.

예의의 문제 때문에 시시비비가 발생하고 대부분의 시비는 예의를 잘 지키면 얼굴 붉힐 일도, 주먹다짐 할 일도, 상처를 주고받는 일도 대부분 사라질 것이다. 특히 약자를 배려하고 보호하는 일은 예의로부터 시작하여 예의로 마무리 지어야 한다. 진정한 사회적 약자를 배려하며 갑질 없는 사회, 소외계층을 보호하는 진정한 복지국가의 시금석이 될 것이다.

또한 어떤 조직체이든 처음 해야 할 일은 그 조직체에 적합한 예의부터 익히게 하고 그 다음 필요한 업무를 익히게 한다. 예의로 인한 다툼이나 스트레스 그리고 예의를 몰라 실례하는 일이 없도록 힘을 모아야 한다. 잘 알겠지만 힘센 사람은 자신보다 몇 살 위의 연장자에게도 반말 비슷하게 하고, 자신보다 한 살이라도 적은 이에게는 존칭을 요구한다. 권력과 돈 많은 이는 선배에게도 무례한 태도를 유지하는 고압적 자세로 나온다. 사회적 약자에게는 예의를 지키지 않으며 인간의 존엄성조차 박탈한다.

군에서는 군에 맞는 예절, 직장에서는 직장에 적합한 예의, 학교에서는 선생님과 학생간의 예절이 있다. 선생님과 학부형 간의 예절, 상급학생과 저학년 사이의 예의, 노동현장에서는 그곳에 맞는 예의, 대학 캠퍼스에서는 선후배 간의 예절, 교수님 앞에서 연인들 간의 행동이 눈살을 찌푸리게 하는 행위를 삼가야 한다. 공개된 장소에서는 애정표현을 자제하는 것 또한 중요하다.

무엇보다 중요한 것은 예의를 몰라서 실례하는 하는 일이 없도록 하는 것이 최선이다. 유아기나 어린 시절에만 예의교육을 강조하고 심지어는 '공부만 하여라 운동만 하여라' 하고 가정에서부터 예의에는 관심 없는 부모들이 존재한다는 엄연한 사실이다. 교육수준이 높고 낮음에 상관없이 자신이 어느 대학 출신이니, 자식이 공부를 얼마나 잘 한다느니 하면서 예의교육을 하지 않음을 조금도 부끄러워하지 않는다.

자신의 재력만 자랑하고 갑질하는 것을 당연시 한다. 친구들 앞에서 큰소리치는 것을 삶의 의미로 여기는 소인배도 있다.

만약 사회의 소외계층, 힘없는 약자, 돈 없는 빈자로, 우둔한 삶을 산다면 자존심도 없고 인간으로서의 기본권도 누리지 못하는 사람이다. 아무리 사회적 약자라 할지라도 인간으로서의 권리는 누리고 살아야 하지 않겠는가.

보수와 진보

요즘 텔레비전에서는 보면 보수진영과 진보진영의 갈등을 자주 비춰주고 있다. 중도 진영은 자신의 색깔을 표현하기가 어렵다. 정치적 상황이 너무 복잡하고 다양하여 상대방의 약점은 잘 보는 듯한데 자신들의 약점은 못 보는 것 같다. 상대진영을 칭찬하는 데 너무 인색한 듯하다. 물론 외국에서도 상대방 진영을 공격하기만 하고 칭찬에는 너무 인색한 것이 사실이다.

진실로 정치적 선진국이 되려면 우리만의 정치문화를 만들어야 한다. 정치만 그렇게 할 것이 아니라 국민들의 생활문화도 우수하고 선진화해야 한다. 전통에 바탕을 둔 새로운 문화의 창조와 유지가 필요하다.

다른 사람, 다른 집단을 보고 비판할 때에는 자신들의 장점만 내세우고 타인의 약점만 들춰낸다. 그러나 국민들이 수긍할 수 있는 건전한 비판문화가 되려면 자신들의 잘못을 하나도 숨기지 말아야 한다. 또한 왜, 무엇 때문에 잘못했는지 그 이유를 상세히 설명하고 사과를 해야 마땅하다. 그런 다음 자신들의 장점을 홍보하고 국민들의 심판을 기다려야 한다.

상대에 대한 비판을 할 적에는 상대방의 장점을 하나도 빠짐없이 살펴본 후에야 약점을 말하고 국민의 판단에 맡겨야 한다. 그래야만 극단적인 이기주의를 예방할 수 있고 건전한 정치문화를 펼칠 수 있다. 게다가 국민들의 신뢰와 시민들의 사회문화도 건전한 토론문화로 만들 수 있다.

권력을 가진 자는 사회 현실을 외면하려고 한다. 정치란 이런 것이 아니다 라고 말을 하겠지만 우리 국민들을 존경하고 저들의 의식 수준을 믿는다면 정치권에서도 앞으로는 자제해야 마땅하다. 그리고 이렇게 하는 것이 바람직하다고 믿는다면, 우선 교육현장에서부터 실시하는 것이 좋다.

사회교육을 통해서 유도하여 사회문화와 정치문화가 진정으로 국민의 행복을 위한 것이라는 사실을 인식시켜야 한다. 정치란 더럽고 추악한 것이 아니라 매력적이고 헌신할 가치가 있는 것으로 인식의 전환을 가져올 수 있다. 물론 선구자는 외로울 수밖에 없다. 너무 이상적이라는 비판에 직면할 수밖에 없다.

인간의 역사는 투쟁의 역사라고도 말할 수 있다. 그러나 투쟁할 때도 순서가 있다. 특히 자유 민주주의 국가, 국민들의 교육 수준이 높은 국가, 이성적이고 지성적인 국민이라고 믿는다면 상대방의 장점을 찾아내고 다음에 단점을 지적하는 것이 좋다. 잘못은 국민들의 판단에 맡기고 위정자는 빈손으로 역사의 심판대에 올라서야 한다.

어떤 단체나 조직, 국가라도 영웅이나 간웅, 악인이든 함부로 환상을 가지거나 매도하는 행위는 매우 위험하다. 자신도 모르게 이름만으로 혹은 어떤 인물에 세뇌되어 있는 경우도 허다하다. 객관적 판단이나 중립을 지키기 어려우며 사회통합에도 전혀 도움이 안 된다. 사회적 갈등, 개인적인 다툼, 지역감정 등 여러 가지 문제점이 야기될 수 있다. 그러니 진실로 역지사지의 입장을 견지할 때만이 극단적 이기주의를 예방할 수 있고 타인의 주장이나 입장을 공정하게 수긍할 수 있다.

산재 근로자

몇 년 전 텔레비전에서 산재 근로자들의 병원 실태를 방영하는 것을 보았다. 산재 환자들 대부분은 병실에 있지 않았다. 환자복은 침대에 숨겨두고 어디로 갔는지 보이지 않고 병실은 텅 비어 있다는 내용이었다. 쉽게 말해서 가짜 환자들이 대부분이라는 내용이었다. 텔레비전을 시청한 대부분의 사람들도 공감할 수 있는 내용이었다.

현장 근로자들의 실태는 열악하다. 반복 작업을 계속하기에 산재 근로자가 아니더라도 아픈 사람들이 많다. 3D업종에 종사하는 이는 더욱 그렇다. 한 3,4일 휴식을 취하면 몸이 괜찮아지고 습도가 높거나 비가 오면 팔다리가 쑤시고 저리다. 이것이 노동자들의 현실이다. 좀 쉬면 아무 이상이 없지만 일을 하면 즉시 이상 반응이 나타난다.

어느 정도는 몸이 불편해도 감수하지만 심하면 병원에 입원하여 치료를 받아야 한다. 물론 병원생활을 계속해야 하는 이도 있을 것이다. 일반인이 보기에는 멀쩡해 보이고 쉬면 아무렇지도 않은 진짜 환자도 있다.

경우에 따라서는 산재 환자로 등록되어 있으면서도 중노동을 하는 가짜 환자도 있을 수 있다. 어떤 이는 몸이 아프지만 생계를 위해 노동을 하지 않으면 안 되는 경우도 있다, 건강상태에 따라 어느 정도까지 환자로 인정해야 하고 어느 정도면 정상인 혹은 근로를 계속할 수 있는 상태인지는 의사와 환자 본인밖에 모른다. 다른 사람은 판단하기는 어렵다. 의사와 환자 본인도 일을 계속할 것인지 아닌지는 정확하게 판단하기가 쉽지 않을 것이다. 고통을 감내하는 정도도 개인차가 있을 수 있고 또한 선불리 노동을 하다가는 환자의 상태를 더 악화시킬 수도 있다.

지금은 무단으로 병원을 이탈할 수도 없고 입원도 많이 제한되어 있다. 물론 산재나 보험금 때문에 필요 없는 병원생활을 하는 경우도 있다. 그러나 정작 꼭 입원이 필요한데도 퇴실해야 하는 환자도 있다는데 문제가 있다. 의사의 진료의견은 안정을 취해야 한다고 처방을 내리면서도 퇴실을 명한다. 물론 꼭 병원이 아니더라도 안정을 유지하면 된다는 의미이겠지만 개개인의 사정은 다르며 병원이 아니고서는 안정을 유지할 수 없는 여건인데도 퇴원 명령은 유효하다. 산재환자이건 일반 환자이건 가릴 것 없이 일부 이기적인 사람들 때문에 선의의 피해자가 발생한다.

현대 법 이론에서는 100명의 범인을 놓치더라도 한 명의 억울한 이를 생산하지 말라고 한다. 옛날 행정 편의주의 시대에는 백 명의 시민을 억울하게 만들더라도 한 명의 범인을 놓치지 말라는 법철학이었다. 의료계에서도 정말 의사의 양심에 맡겨서 입 퇴원을 결정해야 하지 않을까? 물론 안정이 필요해서 계속 병원생활이 필요한 사람들은 의사의 양심에 맡겨 보험금은 수령하지 못하게 법으로 규제하고 의료보험만 적용하도록 보완하면 어떨까?

사람마다 처한 환경이 다르기 때문에 퇴원해서는 안정을 취하기 곤란한 경우를 배려해야만 한다. 완벽한 제도는 만들 수 없을 지라도 인간의 노력으로 가능한 한도 내에서는 한 뼘이라도 진보된 방향으로 나아가야 한다.

삼권분립의 정신

우리는 학교에서 삼권을 분립한 이유를 배웠고 그 정신을 알고 있다. 권력의 견제와 균형을 맞추기 위해서이다. 하지만 정권을 잡은 정당이 다수당이 되면 대부분의 경우 재적 과반수의 출석과 출석의원 과반수의 찬성으로 의결되므로 사실상 의회와 행정부를 지배하게 된다. 야당이 다수당이 되면 국정의 불안과 국정과업의 추진력이 제약받게 된다.

정당의 이익이 국민과 국가의 이익과 같다면 별 문제가 없겠으나 여야를 불문하고 자기 당의 이익이 국익보다 우선일 수는 없다. 그 방법론으로 우선순위에서 정치철학의 차이가 존재하며 지역구의 이익과 정당의 이익을 고려하지 않을 수 없다. 아무리 국회의원이 국민의 대표자이고 국민에 의해 선출되었다지만 정권을 유지하기 위하여 전략을 세우지 않을 수 없다. 자신이 정당에 몸을 담고 있는 한 소속 정당의 방침이나 이익에 초연할 수는 없다.

이런 현실을 보완하고 초기 삼권분립의 정신으로 되돌아가기 위해서는 제도적 장치가 필요하다. 우리나라의 경우 지역구 의원은 정당에서 공천을 하거나 무소속으로 출마하여 당선되어야 한다. 유지는 현재와 동일하게 실시하면 될 것이다.

정당제도의 문제점을 보완하기 위해서는 정당에 소속되지 않고 정당과는 무관한 국회의원을 선출해야 한다. 오직 국민의 뜻에 따르고 국가의 이익을 위해 헌신할 수 있는 대표자를 선출해야 한다. 전국구 의원이나 대선거구 의원, 광역선거구 의원이라도 국민만을 쳐다보는 의원을 전체의 10~20퍼센트를 확보하여 정당제도의 폐해를 보완할 필요가 있다. 특정지역 정당의 약점과 지역주의도 어느 정도 보완할 수 있다.

다수당의 독선과 횡포도 막을 수 있고 소수정당의 의안도 동시에 존중할 수 있을 것이다. 정당만 보고 투표를 하는 지역주의에서 정당과 무관한 선거를 하다보면 사람 됨됨이를 보고 투표하게 되고 국민과 국가, 인류 번영을 위한 참일꾼을 찾을 수 있을 것이다.

수도권 규제완화

수도권으로 몰려들고 또 몰려간다. 사람들이 눈만 뜨면 서울로 간다. 서울에 무슨 장점이 그렇게 많으며 무엇이 전국의 사람들을 유인하는지 모르겠다. 지방 중소 도시의 학생들, 특히 고3 학생들 중 절반은 졸업 후 수도권을 향하여 발걸음을 재촉한다. 또한 후배들에게도 수도권으로 오라고 손짓한다. 분명 사람들을 빨아들이는 빨대가 있는 것이 분명하다. 그렇지 않고서야 한두 번도 아니고 수십 년 동안 똑같은 현상이 반복될 리 없지 않은가.

그런데 또 수도권 규제완화가 된다면 대한민국의 모든 젊은이들은 서울로, 수도권으로 빨려들 수밖에 없다. 모든 사회단체나 국가이건 어떤 특정 지역 특정 국가만 뛰어나거나 잘 살 수 있도록 발전한다면 그리 좋은 상태는 아닐 것이다. 어떤 특정인을 예로 들어봐도 신체구조가 골고루 발달해야지 특정 부위만 발달하고 나머지 부분이 미숙하면 기형이 된다. 정상적으로 균형 잡힌 몸이 되어야 건강하다.

국토의 균형발전은 우리를 균형 잡힌 몸으로 만드는 것과 같다. 그래서 국토의 균형발전을 위해서는 많은 시간과 노력이 뒤따를 수밖에 없다. 영원한 기형으로 생을 영위하는 것보다 균형 잡힌 몸매로 세상에서 활동해야 한다. 수고와 노력, 고통이 있더라도 정상적인 신체가 보람이 있지 싶다.

균형 잡힌 대한민국이 되어야 모두가 잘 살고 국민의 행복 수준도 높아진다. 또한 어느 한쪽이 문제나 곤란에 처하더라도 나머지 부분에서 도와주고 어느 정도는 균형을 유지할 수 있다.

현 상태로는 수도권에 큰 천재지변이나 재앙이 닥친다면 속수무책이다. 달리 손을 쓸 여력이나마 있겠는가. 물은 위에서 아래로 흐른다. 수평이 될 때까지 계속 흐른다. 국가와 사회도 저개발 지역으로 인적, 물적 자원이 계속 유입되어야 한다. 균형을 이룰 때까지 투자를 해야 한다. 그래야만 행복한 대한민국, 모두가 잘 사는 사회, 아름다운 몸매를 지닌 대한민국이 될 것이다.

우리 민족

우리 조상들은 말 못하는 짐승일지라도 먹이를 충분히 주라고 했다. 짐승을 굶주리게 하면 죄를 짓는 행위라며 극도로 경계하였다. 또한 아무리 양식이 없어도 일하는 인부에게는 배불리 먹여 일을 시켰다. 지금은 옛날처럼 먹거리가 그렇게 귀하지는 않지만 노동현장에서는 살기 위해 억지로 밥을 먹는다 할 정도로 식탁이 부실하다고 한다. 이것이 우리의 어두운 현실이다. 직장을 옮기면 되지 하겠지만 새로운 직장을 구한다는 것은 쉬운 일이 아니다.

배운 것이 도둑질이라고 자기가 해온 것을 바꾸기는 쉽지 않다. 손에 익숙하지 않은 일을 하려면 얼마나 어색하고 어려운가. 출퇴근만 해도 생활의 리듬을 바꾸어야 한다. 새로운 동료를 사귀는 것도 부담이 되니 웬만하면 익숙한 것, 눈에 익은 얼굴들과 마주하며 일을 하고 싶은 것이다. 회사에서는 제대로 먹여서 일할 수 있게 배려해야 한다. 아예 밥한술 안 뜨고 식판체로 잔반통에 버리는 이들이 있어서는 안 된다.

옛말에 '귀신도 나라님 앞에서는 고개를 숙인다'고 하였다. 죽어서도 국가와 국민에게 복종하며 봉사하는 이가 우리 민족이다. 요즈음 극단적 이기주의, 집단적 이기주의가 넘치는 세상이다. 한 번 더 조상들의 뜻을 받들어 이웃과 협조하며 국가라는 공동체, 인류라는 공동체 생활을 한번쯤 돌이켜 봄이 어떨지.

나보다는 우리, 우리보다는 국가와 민족을 생각하며 인류전체를 위하는 길이 될 때 바른 길이고 우리 모두가 걸어가야 할 길이다. 국가 단위로 모든 것이 이루어지지만 인류를 위하는 길에 배치되면 아무런 의미도 없고 그 행위로 말미암아 국가의 위신을 떨어뜨린다면 지구상에 이런 국가는 존재할 이유가 없다.

외계인이 있는지 없는지 모르지만 외계인 아니 모든 생물, 무생물까지 위하는 길을 걷고 싶다. 이것이 조상들의 뜻이다.

이 땅은 말한다

우리 한반도는 아열대부터 냉대기후까지 고르게 분포되어 있으며 거의 모든 것들을 포용하는 아름다운 금수강산이다. 국토가 크고 광대하지는 않으나 다양한 기후를 가지고 있으니 지구 어느 곳에 가더라도 생존할 수 있는 조건을 갖추고 있다. 하지만 우리 한반도는 극단을 피하고 있다. 과유불급이라는 말이 있듯이 열대와 한대기후를 피함으로써 우리가 어떤 생각 행동을 해야 하는지 이 땅이 가르쳐 주고 있다.

이 땅에 살고 있는 우리는 극우와 극좌, 극단적인 이기주의, 박애주의조차 원하지 않는다. 그리고 극단적인 민족주의와 국가주의마저도 거부한다.

또한 극단적인 구두쇠, 낭비자, 도덕주의자, 향락주의자 등 극단적인 것은 무엇이든지 받아들이면 곤란하다. 이러한 모든 것들은 사람들이 지켜야 할 의무이며 땅이 원하는 바이다.

극단적인 것만 피하면 모든 사고와 행동, 비록 소수자의 권리조차도 포용한다. 지구상에 살고 있는 모든 이에게도 손짓을 보내며 더불어 살자고 한다. 우리 한반도에 사는 국민들도 지구상 어느 곳이든지 찾아가 그 나라 사람들과 더불어 살아갈 수 있다. 우리 한반도는 극단만 피하면 모든 사고와 행동을 다 포용한다. 더불어 살기 위해서는 가슴이 넓고 인정 많으며 인간미가 있어야 한다. 그런 착한 사람들이 사는 아름다운 땅이 대한민국이다.

중용

우리는 중용이란 말을 귀가 아프도록 들어왔다. 너나 할 것 없이 중용의 도를 지키고자 노력하지만 어떤 것이 중용의 길인지 알기도 어렵고 행하기도 쉽지 않다. 그냥 중간에 서면 중용일까. 양극단의 중간이라면 어느 정도 중용이라 할 수 있겠다. 그러나 한 집단 내에서 성향이 한쪽으로 치우쳐 있다면, 즉 보수집단 또는 진보집단 안에서의 중간은 중용일 수 없다. 또한 A와 B의 중간을 견지한다면 중립 혹은 기회주의자, 회색분자가 되기 쉽다.

중용은 어떤 사물, 어떤 상황에 가장 중심이 되는 일, 지점, 시점 또는 처신 등 핵심을 유지하는 것을 중용이라 할 수 있다. 흔히 과유불급過猶不及을 말하며 중용의 도를 유지하라고 이른다.

나는 근로자이기에 근로현장의 예를 들어 게으름 피우는 자와 정말 자기 몸이 부서지도록 열심히 일하는 사람이 있다고 하자. 중간쯤 적당히 일하는 자를 중용의 도를 지킨다고 말할 수는 없다. 맡은 바 책임을 다하되 자신의 몸이 앞으로 10년 20년 견뎌낼 수 있는 한계 내에서 성실하게 일할 때 중용의 도를 지키며 근무한다고 할 수 있겠다.

우리 직장에는 고참도 있고 신참도 있다. 근무하면서 몸이 단련된 고참도 있고 몸이 망가진 고참도 있다. 신입사원의 경우에도 일 잘하고 단련된 신입과 난생 처음 막일을 하는 신입도 온다.

누구나 열심히 한다는 칭찬과 함께 인정받기를 원한다. 자신의 몸 상태는 자신이 가장 잘 안다. 몸 상태를 정확히 판단하여 건강이 허용하는 한도 내에서만 열심히 하는 것이 중용의 도를 지키는 것이다. 마음만 가지고 일한다면 몸이 저항할 수 있기 때문이다.

우선 인정받기 위해서, 노임을 조금 더 받기 위하여 무리를 한다면 자신과 회사는 물론 가족을 위해서라도 바람직한 일은 아닐 것이다. 자신이 견딜 수 있는 한도 내에서 열심히 하는 것이 중용의 도를 지킨다고 할 수 있겠다. 다른 이의 시선보다 자신에게 충실하는 것이 중용이다.

지방자치

진정한 지방자치를 이루려면 인사권 독립과 재정의 자립이 필수요건이다. 인사의 자주권은 정치적 의지로 가능하다고 할 수 있겠으나 재정자립은 쉽지 않은 문제이다. 지방세를 대폭확대 한다 해도 대도시에는 재원을 확보할 수 있겠으나 시골 지방자치단체는 쉽지 않다.

심지어 공무원 봉급조차 빠듯한 기초지방자치단체도 있는 것 같다. 이 난제를 어떻게 풀어야 할까? 국세를 지방세로 많이 전환하되 국세에서 지방세로 전환된 세액을 국세청에서 징수하여 행자부를 통하여 인구수와 면적에 따라 각 지방자치단체에 배분하는 것이다.

서울시의 경우 세금을 많이 낸다고 하여도 인구수는 많으나 면적은 크지 않은 경우이니 서울시민이 낸 세금이 전부 서울시에 돌아갈 수는 없다. 강원도의 경우는 인구수가 적고 재산이 적으니 세수를 많이 확보하지는 못하겠지만 면적은 넓으니 대도시에서 낸 세금의 일부를 확보할 수 있겠다.

이것은 바로 대한민국의 국민이라는 이름으로 행해지는 행정제도이다. 다시 말하자면 누진세와 동일한 취지이다. 즉 부자자치단체가 가난한 자치단체에 더불어 잘 살자고 또한 대한민국의 진정한 민주주의와 지방자치를 위해서 양보하는 셈이다.

복지정책도 지역실정에 맞게 실시하자고 국가에서 일률적으로 실시하다 보니 현실에 맞지 않는 부분이 적지 않다. 분명 대도시와 시골 간에는 생활비 등 여러 가지 차이가 존재한다. 그럼에도 불구하고 일률적으로 실시하면 형식적 평등은 이룰지 모르나 실질적 평등은 아닌 것 같다.

치수治水

치수란 글자 그대로 물을 다스린다는 의미이다. 물은 자연히 낮은 곳으로 흐르며 자연스레 물길을 만든다. 그러나 비가 많이 오면 새로운 물길을 만들기도 하고 바꾸기도 하며 기존의 물길을 파괴하기도 한다. 홍수나 물의 범람을 예방하기 위하여 인류는 제방을 쌓고 예비둑을 만들어 물길을 바로 잡고 피해를 줄이기 위하여 노력해 왔다.

인간사에 비유하면 물길은 백성들의 목소리이며 또한 백성들의 마음이다. 제방이란 백성들이 편안하게 살아갈 수 있도록 물길을 바로 잡는 법法이다. 당연히 백성들이 법만 지키면 편안히 살 수 있도록 해야 한다. 만약 제방을 잘못 쌓아 물길을 가로 막는다면 백성들은 분노하여 제방을 무너뜨리게 된다. 즉 법을 무시한다.

대홍수가 날 때에는 웬만한 제방은 다 무너진다. 아무리 튼튼한 콘크리트 댐이라 하더라도 사전에 조절하지 못한다면 넘치거나 파괴된다. 대홍수란 혁명과 같은 민심의 대폭발이며 정치적 전환기라고 할 수 있다. 그러나 웬만한 홍수라면 철옹성 같은 제방을 쌓으면 물은 범람하여도 제방의 유실은 막을 수 있다.

어떤 정치적 전환기나 민중 혁명과 같은 대홍수를 만나더라도 민생치안과 민생사범과 같은 범죄를 예방할 수 있는 법이 건재하며 여전히 효력이 있다는 것을 의미한다. 그러나 역사는 대홍수 시에 민생사범과 민생치안이 제일 먼저 무너졌다. 철옹성 같은 제방을 쌓으면 물은 범람하여도 제방의 유실은 막을 수 있다. 범람하는 물줄기라도 보조 둑을 만들어서 전체가 피해보는 것을 막아야 한다. 비현실적인 제도나 법을 보조 둑이라는 제도를 두어서 보완할 수 있다. 즉 특별법과 한시법 또한 선례를 참조하여 현실에 맞는 제도를 확립한다. 국민 전체를 범법자로 만드는 일을 없게 하고 법의 파괴를 막아야 한다.

정치적 사건을 일반 민생사범과 똑같이 처벌하는 것은 문제가 있다. 정치적 현실을 무시하고 법이라는 칼날을 들이대면 칼에 찔려 목숨을 잃거나 아니면 칼을 부수고, 즉 법을 무시하여 국민 전체가 피해를 당하는 경우도 발생할 수 있다.

민생사범과는 달리 행정범, 행정 질서범, 정치사범 등은 보조 둑을 넓고 안전하게 만들어 물길을 바로 잡지 못한다면 아까운 인재를 물속에 빠뜨리는 격이다. 국가적 손실과 국민전체가 피해를 보는 일이 발생할 수 있다. 여당과 야당, 내편과 네편 할 것 없이 조금은 너그럽게 현 실정에 맞는 법을 요구해야 한다.

투표

흔히 선거는 민주주의 꽃이라고 말한다. 물론 여러 가지 방법으로 의사 결정을 할 수도 있겠으나 그래도 투표가 비밀선거에는 적합할 것 같다. 그런데 뉴스를 보면 국회의원들이 유권자로서 투표하는데 기권표와 무효표가 나온다는 것이다. 의원들이 투표하는 거의 모든 경우에 기권표가 나온다니 참 의아스럽다. 대략 우리나라의 국회위원 수는 300명 정도로 알고 있다.

기권표도 처세술의 하나일 수도 있다. 자신이 원하는 안건이나 혹은 선택할 수 있는 사항이 없을 경우 기권할 수도 있으니 이해할 수밖에 없다. 하지만 무효표는 납득하기 힘들다. 의도적으로 무효표를 만들 수도 있지만 어쨌든 투표도 제대로 못하는 의원들이라는 오명은 벗을 수 없다.

아무 성의 없이 기표하지 않는 한 투표할 때마다 무효표가 몇 장씩 나오는 것은 이해하기 힘들다. 물론 의원들도 인간인 이상 실수가 있을 수밖에 없다. 그래도 이해하기 힘들다.

선거 때가 되면 100순 할머니도 지팡이를 짚고 잘 보이지 않는 눈으로 돋보기를 착용하면서 투표용지에 기표를 한다. 아직도 문맹이신 우리 할머님들도 어떻게든 한 표의 주권을 행사하기 위하여 나름의 방법으로 기호를 외우고 기표를 한다. 국정의 일익을 담당하고 국민의 대표자인 의원들이 무슨 생각에서 무효표를 생산해 내는지 궁금하다.

고령이라 손이 떨려 기표를 바르게 못했는지 아니면 국민들이 선택을 잘못하여 투표도 제대로 못하는 분들을 국회에 보냈는지. 의원들이 국민을 우롱하면 안 된다.

평등

인간은 평등한가. 아니면 현재 상태대로 불평등한 존재인가. 기본적으로는 평등한 인간이어야 한다는 생각이다. 태초에 인간의 유일한 조상은 한 분이었을 것이고 똑같은 뿌리에서 출발하여 세월이 흐르면서 조금씩 다르게 되지 않았나 생각할 수 있다.

뿌리가 같다면 조금만 사고를 깊게 하면 하나였다는 사실을 알 수 있다. 당연히 처음에는 평등하였을 게다. 갓 태어난 유아들은 세상 어디에서도 비슷하고 거의 평등하다. 이것만 보아도 인간은 평등하다고 외치지 않으면 안 된다.

만약 인간이 현재를 기본 전제로 하여 힘세고 머리 좋은 놈은 강자이고 선택받은 놈이며, 약하고 열등한 사람 위에 군림해도 괜찮다고 생각한다면 매우 위험한 발상이다. 인간세상은 동물과 같이 정글의 법칙이 적용되는 존재가 되고 만다.

'너희는 열등한 존재이니 나의 지배를 받아야 한다. 너희 같은 열등한 존재와 우리 우수한 존재는 다르기 때문'이라는 논리가 성립할 수도 있다. 인간은 그 자체로서 평등한 존재이다. 평등한 존재 내에서 차이가 있을 뿐이다. 그러니 인간이라는 자격에서는 어떤 차별도 있을 수 없고 인간의 권리는 누구에게나 다 똑같다. 다만 그 역할에서는 차이가 있을 수 있다. 구체적이고 개별적인 곳에서는 형식적인 차이가 있을지라도 실제 차별이 있어서는 안 된다.

평등 이야기가 나왔으니 자유에 대해서도 한마디 언급하자면, 자유란 기본적으로 구속과 속박이 없는 상태라고 정의를 내릴 수 있겠다. 아무 구속과 속박이 없다면 자신이 마음대로 할 수 있다는 말이다. 그러나 자유에는 그림자가 있으니 그것은 바로 책임이 반드시 따른다는 점이다. 즉 남을 구속하거나 피해를 주지 않고 자신의 뜻대로 모든 일을 선택할 수 있는 힘이 자유권이다.

인생은 태어나면서부터 선택하고, 선택을 당하며, 죽음에 이르기까지 선택의 연속이다. 선택의 자유가 없다는 것은 주어진 운명이거나 노예상태로 존재한다는 것이다. 자유와 평등은 서로 모순된 관계라고 말하는 이도 있다. 즉 고대의 노예제도 하에서는 노예를 부리는 자는 자유롭지만 노예가 없으면 지금까지 누린 자유도 잃게 된다. 자신의 자유를 위해서 타인을 구속하거나 지배하면 이것은 자유가 아니며 자유권의 남용이고 일탈이다.

자유는 평등을 산출하고 평등은 자유를 보증한다. 모든 이가 자유로울 때 평등하고 평등할 때 자유롭다. 평등 없이는 자유로울 수 없다. 예속 상태, 구속 상태에서는 자유로울 수 없기 때문이다.

제4부

살며 사랑하며 빛이 된 사람들

감성시대와 이성시대

요즘은 이성시대를 벗어나서 감성시대로 전환되었다고 한다. 인간의 본성인 감정에 충실한 것이 더욱 인간적이라는 말 같다. 특히 문학예술 분야에서 감성에 충실해 왔다. 감성이 예술에 크게 공헌한 것은 사실이다. 하지만 이성과 지성이 없는 감성은 위험하다. 또한 이성이야말로 만물의 영장으로서 인간을 인간답게 해주는 특성이다. 감성도 중요하고 이성도 중요하다.

이성이 없으면 인간이라 할 수 없고 감성이 부족하면 너무 삭막하여 사막과 같은 사회가 될 것이다. 근대의 이성 절대주의 사조에서 이성적으로만 인간사회를 규정하다보니 풀리지 않는 숙제들이 많다는 것을 알았다. 과거에는 이성으로 모든 문제를 해결할 수 있다고 생각했다. 그에 대한 반성으로서 감성을 중요시하는 시대가 온 것 같다.

자신의 감정을 잘 조절하는 사람이 인간적이다. 사회가 오래도록 존속하려면 이성은 필수적이다. 이성의 기반 위에 감성이 있어야만 우리 사회가 살맛나지 않을까. 어찌 보면 이성보다 감정이 더 빨리 나타나고 그 다음 이성으로 조절하는 것 같다. 갓 태어난 아기의 경우 이성적이라기보다는 오히려 감정에 충실하며 자라면서 이성적으로 발전한다. 교육을 통하여 더욱 이성적으로 발전하고 때에 따라서는 자신의 감정을 숨기지 않는다. 감정을 드러내는 것은 인간 본성이지만 때와 장소의 구분이 필요하다.

감성이 없으면 인간이라 할 수 없다. 아니 살아있는 생물이라 할 수 없다. 로봇도 감정을 나타낸다 하는데 감정 없는 인간은 인간이라 할 수 없고 한낱 기계적인 인간에 불과하다. 감성과 이성의 중용이 절실히 요구된다 하지만 이성적으로 행동하면 인간 세상에 해악을 끼치는 경우는 거의 없다. 감성이 우세하면 반드시 조절능력이 필요하다. 언제나 이성의 기반 위에 감성을 키워나가야 한다.

이성적으로 생각하기 전에 먼저 원초적 본능이 드러난다. 극한 상황에 처해도 이성보다는 본능이 우선이며 정신이 맑지 못해도 이성은 다음 순위가 된다. 하지만 불가능한 상황이 아니라면 인간은 이성적으로 행동해야 한다. 대부분의 경우 이성이 전혀 없는 것이 아니라 미약할 뿐이다. 의식이 전혀 없는 경우를 제외하고는 가장 좋은 것은 어떤 상태일까. 감성적인 것이 이성적인 것이 되고 이성적인 것이 감성적인 것이 되는 것이다. 부드러운 것이 강하게 되고 강한 것이 부드러워지는 것과 마찬가지다, 또한 남성적인 것이 여성적으로 부드러워지고 여성적인 연약함이 튼튼한 남성적으로 바뀌는 것이 중용이 아닐까?

교양과목

사람이 살아가면서 필요한 지식을 다 갖추려면 끝없는 노력과 시간을 투자해도 모자란다. 어제의 새로운 지식이 오늘에는 낡은 지식이 될 수도 있다. 오늘의 우리는 범람하는 정보의 홍수 속에 살고 있다.

하지만 인간적으로 품위와 자신을 돌볼 수 있는 지식 중에서 보건의학 상식과 법률지식만큼 필요한 지식은 드물다. 자신과 가족의 건강은 물론이거니와 꼭 필요한 사람에게 좋은 정보를 제공하여 병원에 가는 것을 미연에 방지할 수 있다.

법률상식도 법치국가에서 사회생활을 영위하기 위해서는 필요불가결한 요소이다. 상식이 곧 법이 아니다. 법을 몰라서 피해를 보고, 구제를 못 받는다면 억울한 마음 없지 않을 것이다. 물론 변호사나 법무사 또는 각종 구제기관을 이용할 수는 있지만 이런 제도 또한 어느 정도는 법률지식이 구비되어야만 잘 활용할 수 있다.

자신과 가족을 돌보기 위해서 또한 자신의 권리를 찾기 위해서도 법률상식과 의학지식으로 무장하지 않으면 안 된다. 법률의 상식화, 보건위생의 생활화를 위해서는 전국의 모든 대학에 교양과목으로 지정할 것을 제안한다. 그것도 필수 교양으로 지정하여 대략 두 학기 정도 교육받음으로써 교양과 상식을 갖출 수 있도록 국가 차원에서

지원하면 어떨까.

변호사와 법무사 또는 법률에 조예가 깊은 분들이나 의사와 약사, 간호사 등 자격을 갖춘 분들을 초빙하여 교육한다면 좀 더 행복하고 건강한 대한민국으로 나아가는 데 이바지할 것이다. 즉 모두가 건강하고 불이익을 당하지 않으며 건전한 상식이 통하는 사회가 되는 데 한발짝 다가갈 것이다.

귀감

우리에게 귀감이 될 만한 것들을 많이 생산하고 또한 발굴해야 한다. 그 중에서 귀감이 될 만한 인재를 육성하고 발굴하는 일만큼 중요한 것은 없다. 우수한 인재들을 발굴하여 모든 사람들이 존경하고 닮고자 할 때 우리 사회는 그만큼 풍요로워진다. 학교교육 뿐 아니라 사회교육, 그리고 평생교육의 장이 열릴 것이다.

무엇을 기준으로 삼아야 할까? 여러 가지 기준이 있겠지만 학식과 인격을 기준으로 삼으면 대부분의 사람들이 동의할 것이다. 학식이란 학문적 지식뿐만 아니라 운동선수에겐 운동기량이며 예술가에게는 예술적 가치이다. 또한 노동자에게는 기능과 품질이며, 공무원에게는 능력과 직급이다. 학자들에게는 학문과 연구논문 등을 학식이라 할 수 있겠다. 인격이란 도덕적 가치와 용기, 품행 그리고 각기 직업과 직책에 필요한 기술 능력과 리더십 등을 총칭하는 말이다.

매스컴을 통하여 널리 알려진 인물보다 사회의 그늘진 곳에서 묵묵히 자기의 맡은 바 직무에 충실한 사람을 보면 닮고 배우며 따라하고 싶다.

연간 200여 명 안팎의 인재들을 선정하여 그 마을의 자랑이 되게 하고 기념하면 어떨까. 사회의 귀감이 될 만한 인재를 많이 배출한 학교가 명문학교이며 훌륭한 고장이 되도록 사회적 관심과 국가적

지원을 해주었으면 좋겠다.

공무원의 경우에는 서기관 이상, 근로자는 경력 10년 이상 근무자에 한해서, 교사의 경우에는 경력 20년 이상, 기업의 경우에는 이사급에서, 운동선수의 경우에는 국가대표 경력을 가진 자, 문화 예술가인 경우에는 국제대회에서 수상한 작가 중에서, 교수의 경우에는 조교수 이상으로 기준을 정한다. 이 기준을 학식이라 칭한다면 인격이라 불릴 수 있는 것은 도덕성이 기본이고, 업무 수행능력, 봉사정신, 솔선수범하는 행동, 희생정신, 애국심 등이 될 것이다.

이런 분들을 누가 발굴하고 선정하여야 할까? 국민 누구나 추천할 수 있어야 한다. 존경받는 노교수님들이 선정위원이 되어서 추호의 사심 없이 만백성의 본보기가 되는 분을 찾아내야 한다. 조금이라도 선정과정에 과오가 개입되면 그 의미는 상실되고 말 것이다.

장관을 지내고도 선정되지 못했다면 헛 장관을 지낸 것이다. 비록 노동자라 할지라도 선정되면 개인의 영광이요 동네의 자랑이며 학교의 명예를 드높이는 것이다. 직업과 직책, 계급에 상관없이 귀감으로 선정된 사람은 모두 훌륭한 분이다. 똑같은 대우를 받아야 할 것이다. 교수님들이 어떤 인물은 어떤 연유로 선정했고 탈락했는지를 제자들에게 설명하는 것 또한 산교육이 될 것이다. 우리가 닮고자 하는 분들이 많아지고 그 영향이 전 인류에 미친다면 우리의 삶은 보다 윤택해지고 인간애가 넘치는 지구촌이 될 것이다.

명상

명상이라는 글을 쓰기 위하여 책상 앞에 앉았다. 두 눈을 감고 생각을 가다듬어도 별 생각이 떠오르지 않는다. 하기야 명상을 한다고 하여 좋은 생각이 솟아나거나 기발한 아이디어가 생기는 것은 아닐 것이다. 좋은 글을 쓰기 위하여 나름의 노력과 명상을 해보지만 특별한 것은 없다.

하지만 좋은 글을 쓰겠다는 나의 신념이 명상이라는 주제의 글을 써보라고 부추긴다. 나의 명상은 특별히 눈을 감고 깊은 생각에 잠기는 것보다 일상생활을 하면서, 즉 길을 가면서, 아니면 식사를 하면서, 혹은 다른 어떤 일을 하면서 영감을 얻고자 잠깐씩 명상에 잠기곤 한다.

떠오른 영감을 기억하기 위해 몇 번 되뇌면서 집으로 와 노트에 간단히 메모를 해두어야 안심이 되며 명상을 끝낸다. 글을 써서 남기겠다는 생각이 없었을 때는 그냥 지나가는 생각으로만 치부했다.

하지만 깊은 생각을 하면 가끔씩 새로운 생각이 떠오르기도 하며 여러 가지 대안과 문제점도 알아가게 된다. 컴퓨터 앞에 앉아 워드 작업을 하면 또 다른 내용의 글이 나오기도 한다. 무엇보다도 어떤 주제를 가지고 토론을 하면 혼자 명상할 때보다 더 많은 수확을 얻을 수 있다. 토론을 끝내고 혼자서 조용히 집으로 와 내용에 대해 깊은 생각에 잠기면 부족한 부분, 더 개선해야 할 문제점들이 주마등처럼 지나간다.

어떤 어려운 문제나 중요한 일을 할 때는 명상을 하면서 깊이 생각해 보고 주위의 현인들에게 조언을 구한다. 그리고 다시 조용히 눈을 감고 깊은 명상의 시간을 갖는 것이 바람직하다. 현인들의 조언과 명상의 결과가 일치하거든 다시 한 번 조언을 구하고 확인한 후에는 과감하게 실행에 옮기는 용기가 필요하다.

사회 현상은 100퍼센트 확실한 것은 없고 어느 누구도 정확한 예측은 할 수 없다. 신이라 할지라도 인간의 마음은 다 알 수 없으며 또한 예기치 못한 자연현상, 사회현상이 도래할 수도 있다.

아무리 많은 사람이 동의를 하고 자신의 예측이 확실하다고 느껴지더라도 만의 하나 다른 경우가 있을 수 있다. 이런 사실을 명심해야 한다. 과거의 일, 현실의 일이라도 깊은 생각과 명상으로 일을 처리한다면 실수와 후회하는 일이 많이 줄어들 것이다. 명상에 명상을 거듭하여도 좋은 생각이 떠오르지 않는다면 머리를 아예 비울 필요가 있다. 그러면 작은 깨달음이 있으며 그것을 얻으면 아무 생각 말고 그대로 받아들여라. 그런 후에 명상을 하라. 깨달음을 이어갈 수 있을 것이다.

민원인

어떤 조직이나 단체 또는 관공서에는 민원이 있게 마련이다. 아니 민원이 있어야 정상이다. 하지만 민원이 도에 넘치거나 지나친 요구를 하면 담당자나 다른 민원인에게 불쾌한 하루가 되고 스트레스만 쌓이는 우울한 날이 되고 만다.

요즘은 민주화 시대이고 어떤 관공서나 조직 단체를 방문해도 친절하다. 오히려 민원인이 결례를 하고 다른 민원인에게 피해를 주는 사례가 종종 발생하는 것 같다, 심지어 '내 친구가 누구누구이며, 아는 사람이 어디어디에 근무하는데'라고 하면서 도저히 들어 줄 수 없는 요구를 한다. 사람들 앞에서 자신이 똑똑한 사람처럼 느껴지는지 '어디어디 가서 으라차차 하고 왔다'고 무용담을 늘어놓아 술자리를 뜨겁게 만드는 이도 있다.

언젠가 시청 종합 민원실을 다녀왔다. 술에 취한 시민 한 분이 조금 소란스럽게 굴었다. 그리고는 남이야 소주를 먹었느니 맥주를 마셨느니 하지 말고 조금 더 친절하게 대하라는 것이었다. 모든 인간은 평등한데 술 마셨다고 너무 책망하지 말라는 것이었다. 물론 공무원들도 조금은 난처하고 괴롭겠지만 그 보다 다른 민원인들이 더 괴롭다. 옆에서 큰 소리로 소란을 피우면 시간도 문제고 짜증이 난다.

아무리 민주화 시대에서 손님이 왕이고 시민이 나라의 주인이라지만 혼자만 사는 세상은 아니다. 다른 이들을 불쾌하게 만드는 행동은 공중도덕 차원에서 자제하는 것이 바람직하다. 자유에는 반드시 책임이 동행한다는 사실을 인식해야 한다. 자율적이지 못하면 타율이 침입한다는 진리를 우리는 알고 있다.

내가 상대한 공무원은 아주 친절했으며 많은 것을 도와주었다. 나도 감사의 인사를 하였다. 담당 공무원에게는 아주 간단하고 쉬운 일일지 모르겠으나 민원인인 나에게는 어렵고 힘든 일이라는 점을 인식했으면 좋겠다. 다른 사람들, 특히 사회적 약자들로부터 칭찬을 많이 받을수록 훌륭한 봉사자이다. 당장은 표가 나지 않을 수도 있지만 좋은 기운이 모여 언제인가 복을 받을 것이다.

그렇지 않다 하더라도 마음은 흐뭇할 것이다. 그런 날은 어두운 밤길을 혼자 걷는다 해도 두려울 것이 없다. 옆에서 응원해 주고 용기를 북돋아주는 우리 친구들이 곁에서 지켜주겠지.

삶과 죽음

인류가 존재한 이후로 수많은 종교학자 철학자들이 삶과 죽음에 관하여 논의해 왔다. 평범한 일반인도 인생의 진실을 알기 위하여 수없이 고민해 왔다. 그러나 삶이란 무엇인지, 어떻게 살아가는 것이 진정한 삶인지에 대해서 아직까지 정답은 찾지 못한 채 오늘에 이르렀다. 사후의 세계에 관해서도 많은 추측이 있었고 영감을 얻은 이들이 여러 가지 이야기를 하고 있다. 진실로 죽음의 세계를 경험한 이는 말이 없다.

어떻게 살 것인가. 어찌 죽을 것인가. 정 반대의 이야기 같고 동시에 이루어질 수 없는 모순 같지만 사실은 똑같은 이야기이다. 어떻게 살고 죽든, 무엇을 추구하고 삶의 목표를 향해 뛰어가든 우리가 가야 할 길이다. 조금은 여유를 가지고 쉬어가면서 천천히 걸어간다고 해도 한 발 한 발 죽음을 향하여 천천히 혹은 빠르게 다가가고 있는 셈이다. 즉 살아가고 있는 것이 아니라 죽어가고 있다는 사실이다.

가장 단순한 사람들의 이야기는 자신만을 위해 살고 본인이 존재하지 않은 세상은 아무런 의미도 없다는 것이다. 이런 사람들에게는 봉사와 희생정신을 발견할 수 없다. 자신 이외의 다른 가치를 찾을 수 없다. 죽음에 대하여도 소나 돼지 같은 여타 동물들의 죽음과 마찬가지로 인간의 죽음도 죽음 그 자체만으로 끝나는 것이다.

어떤 사후의 세계나 영혼의 존재는 전혀 안중에도 없다. 자신의 죽음으로써 모든 가치들을 공중에 날려버리거나 땅속 깊이 묻어버린다. 즉 말은 친구가 잘 되길 원하며 언니 동생이 잘 되길 바란다고 하지만 진실은 자기만 잘 되기를 바란다.

인간은 단순한 동물도 아니고 본능대로만 살아가지도 않는다. 자신을 희생하면서까지 더 큰 가치를 위하여 일생을 바치는 사람도 있다. 남을 살리기 위해 하나뿐인 생명을 버린 이도 많다. 역사에 기록되지 않은 무수히 많은 영웅들이 바로 그들이다. 이런 영웅들이 있기에 인류의 존재 이유가 되고 인간이 존엄한 존재가 된다.

자신만을 위하여 삶을 영위한 자는 가장 하류의 인간이다. 그것도 교육을 받지 못해 본능적으로 살아온 인간이라면 이해하지만 고등교육까지 받은 사람이라면 문제가 다르다. 그것도 우수한 성적을 지닌, 빼어난 두뇌의 소유자가 자신만을 위한 삶을 산다면 지탄의 대상이 됨은 물론 사회의 해악으로 존재하게 된다.

우리는 가족과 이웃을 위하고 진정 인류를 사랑하는 사람을 존경한다. 그들을 성인이라 부른다. 더 나아가 세상에 존재하는 모든 생물과 무생물까지 아끼고 사랑하는 성인도 있을 수 있다. 이런 분들이 있기에 인간은 존재 가치가 있는 셈이다.

자신의 희생 없이는 인간의 존엄성을 유지할 수 없다. 자신만 생각하는 이에게는 희생정신을 기대할 수 없다. 인간은 배우고 느끼며, 철학을 공부하고 인생을 논한다. 그러면서 자신의 앞을 가로막는 안개와 구름을 걷어내야만 비로소 순수한 인간 본성이 드러난다. 그리하여 어떻게 죽을 것인가를 고민하게 된다. 이러한 사고를 통해 더 큰 가치를 찾고 목숨도 버린다. 심지어 세상 사람들이 개죽음이라 할지라도 인류를 위해 희생을 감수한다.

아무도 알아주지 않고 기억하지 않더라도 자신은 인간의 본분을 다하며 필요하면 목숨까지도 기꺼이 바치는 이가 진정한 성인이다. 인간답게 사는 삶이고 거룩한 죽음이다.

서민

서민은 너무나 친숙한 이름이다. 아무런 특권도 없고 그렇게 넉넉한 재산도 없이 온 세상을 누비며 구석구석에 존재하는 백성들의 이름이다. 이들이 바로 세상의 주역들이다.

아무리 국민 소득이 높고 복지가 잘 되어 있다고 한들 서민들이 건강하지 못하다면 건강한 사회, 건전한 국가라고 말하기 어렵다. 서민들은 이 땅의 혜택을 가장 적게 받은 사람들이다. 그러나 이들은 땅을 개척하고, 지배하며 주어진 삶을 묵묵히 살아가는 평범한 사람들이다. 어떤 사상이 지배하고 어떤 국가체제를 취한다고 해도 서민들이 건강하지 못하면 그 사회는 무엇인가 잘못된 사회이다.

특히 민주주의 체제에서는 주민들이 고통을 받는다면 그 사회의 지도자들에게 문제가 있는 경우가 많다. 서민은 지도자를 바라보며 신뢰를 보내고 또한 자신의 삶을 맡긴다. 무늬만 서민이지 서민이 아닌 사람, 즉 남의 위에 군림하려는 사람, 상류층의 흉내를 내며 서민적인 생활을 무시하는 사람들은 서민이라 할 수 없다. 반대로 재산이 많고 사회적 지위가 높으나 서민들과 함께 생활하고 그들과 고통을 나누려고 하는 사람을 보게 된다. 막걸리 한 잔, 소주 한 잔을 함께 하며 어려운 사람들을 외면하지 않는 사람이 진정 서민이다.

사회가 잘못되고 서민들의 삶이 피폐해진다면 복지국가라고 할 수 없다. 물이 낮은 곳으로 흐르듯 서민들은 때로는 빠르게, 또는 느리게 움직이고, 조용히 또는 요란하게 여론을 만들어간다. 물길이 바르지 못하면 계속 부딪치며 소용돌이를 이루어 자신들의 힘을 발휘한다. 독재라는 큰 태산이 가로막을 지라도 계속 부딪치며 결국에는 태산을 무너뜨리고 만다. 정치가 이루는 물길이 바르면 서민의 힘은 유순해 지고 물길을 따라 더 큰 곳을 향해 흐른다.

물이 바로 서민이며 물길은 그 사회의 구조와 문화이고 지도층이다. 서민들이 잘 살고 편안하며 건강해야 훌륭한 사회다. 어쩌면 앞으로 국제통화기금(IMF) 체제 때보다 더 힘들 수도 있다고 한다. 그 중에서 경남이 더 어렵다고들 한다. 어떻게 극복해야 할지 어떻게 먹여 살려야 할지 사회 지도층이나 위정자들은 밤잠도 설치며 고민하겠지만 우리 서민들이 보기에는 아직도 부족한 것 같다.

우선 실태파악이 우선이다. 통계상의 수치보다는 피부로 느끼는 고통을 어느 정도라도 파악하고 정책을 수립해야 한다. 장관이나 차관이 아니더라도 정책결정에 참여하는 실무자는 시장바닥의 서민들과 취업을 못하는 청년들이 경제력이 없어 결혼도 포기해야 하는 현실을 직시해야 한다. 우리의 아들딸들과 막걸리 한 잔, 소주 한 잔 하면서 이들의 애환을 정확히 들어 주어야만 바른 정책이 나올 것 아닌가?

현실 여건이 그들의 애환을 해결해 주기는 어렵다 하더라도 이야기를 진지하게 경청해 주는 것만이라도 큰 힘이 될 것이다. 조금 시간이 걸리더라도 해결의 실마리는 찾을 수 있지 않겠는가.

나라의 주권이 국민에게 있다는 것은 누구나 알고 있는 사실이다. 공무원이라면 국민에게 충성하는, 국민을 주인으로 생각하는 사고를 항상 유지하고 있지 않으면 안 된다. 백성 중에서도 서민이 우선이다. 물길을 바로 열어주지 않으면 서민들은 세찬 파도가 되어 소용돌이치며 밀려올 것이다.

선행

선행이라 하면 착한 일 좋은 일을 하는 행동이라고 생각한다. 우리는 선행을 하고자 노력한다. 이 풍진 세상을 살아가기 위해서는 선행만으로는 어려우며 자신부터 챙겨야 하는 경우가 비일비재하다.

옛 선현의 말씀에 '오른손이 하는 일을 왼손이 모르게 하라'고 했다. 선행을 하더라도 누구에게 알리지 말고 보상도 바라지 말라는 뜻이다. 그 자체로 만족하라는 것이다. 선행은 인간이 당연히 해야 할 일이며 자랑할 일도 아니다. 남에게 알려서도 안 되는 인간 사랑이며 본성이라고 말할 수 있다.

오히려 악행만을 일삼거나 자기 자신만을 위해 살아온 인생이라면 선행을 하면 특별한 일이고 남에게 알려 자신이 좋은 일도 하는 사람이라고 홍보하고 싶을 것이다.

그러나 선행이란 거창하게 사회를 위하고, 국가와 인류에게 봉사하며 헌신하는 것만이 선행이 아니다. 이웃을 돌보고 사회적 약자를 배려하는 마음 또한 선행이라고 말할 수 있다. 진실로 자신의 중심을 바로 잡는 일이 선행의 시작이면서 끝이라고 이야기하고 싶다.

교통법규 하나 잘 지키는 것도 선행이며 자신의 부모를 잘 모시는 것도 선행이다. 자식을 잘 키우는 것도 선행이다. 남편과 아내에게 믿음을 심어주는 것도 선행이다. 맡은 바 일을 열심히 하는 것도 선행이며 자기 집을 깨끗이 가꾸는 것도 선행이다. 언뜻 보면 자신을 위하는 일인 것 같지만 그 모습을 보며 타인들이 느끼고 생각하게 하여 본보기가 된다면 이보다 더 큰 선행은 없다. 자신의 생활철학과 중심을 바로 세운 사람이 선행하는 자이지 꼭 타인들을 도와주고 돌보아 주는 것만이 선행은 아닐 것이다

타인에게 베푼 것은 기억하지 말며 도움을 받은 것만 기억하자. 잘못한 점, 고쳐야할 점만 기억하고 반성한다면 곧 선행을 행하는 자이다. 솔선수범하는 사람도 바보가 아니라 현명한 자이다.

성공한 삶

성공이란 개개인마다 추구하는 목표가 다르고 목표를 달성했다 하더라도 그것은 잠시뿐이다. 또 다른 목표를 향하게 되니 만족은 요원하다. 잡은 행복도 잠시뿐 다른 곳으로 눈길을 돌리게 된다.

대부분의 사람들은 돈과 권력, 명예를 다 얻으면 성공한 삶이라고 한다. 그 중 하나만 얻어도 성공이라 생각하기 쉽다. 그러나 진정한 성공이란 마음의 평화를 얻는 것이다. 요즘 텔레비전을 보노라면 미투me to도 많이 나오고 성적 욕구불만이 범법 행위로까지 이어진다.

누구나 성공한 사람이라고 인정하는 분의 철장행을 가끔씩 본다. 물론 일반인이 추구하고 선망하는 직업을 가지는 것도 소중하다. 그보다도 어떤 목표를 달성하기 위하여 희생되어야 했던 모든 가치들이 한을 남기지 않게 적당히 해소시켜 주어야 하지 않을까? 그렇지 않으면 인격 수양이 잘 된 사람이야 극복하겠지만 보통 사람들은 한순간에 무너지고 만다. 심지어 정신과 치료를 받아야 할 정도의 심리적, 정신적 장애를 겪을 수도 있다.

가정에서는 아버지의 역할이 중요하다. 어머니가 아무리 자상하게 돌보아 주고 지켜주어도 남자의 특성을 이해하기 어렵다. 직접 경험하지 않았기 때문이다. 아들의 문제는 아버지가 관심을 갖고 지도하고 솔직히 이해될 수 있는 부분은 같이 고민해야 한다. 그러면 중간에 좌절하고 무너지는 경우를 예방할 수 있다.

인간인 이상 욕구가 완전히 충족된 상태는 없다. 그러니 욕구 불만이 없는 상태 아니면 조금은 불만이 있더라도 수용할 수 있는 마음의 평정을 얻었으면 성공한 삶이라 할 수 있겠다.

부부가 진정한 사랑을 하게 되고 가족 간의 화목과 이웃을 사랑으로 느낄 때가 있다. 바로 행복한 삶이고 성공한 삶이라 할 수 있다. 어떤 책에서 참사랑을 논할 때 '살아서는 한 이불, 죽어서는 한 무덤'이란 글귀를 접한 적이 있다. 행복이란 이런 것이로구나 하고 감탄한 적이 있다.

인간은 본성적으로 욕망이 있고 감성도 가지고 있다. 욕망대로, 감성대로 행동하기란 쉽다. 감성도 중요하고 욕망도 중요하지만 이성적으로 자제하지 않으면 안 된다. 억제하는 것도 중요하지만 마음의 평화를 얻을 수 있으면 우리는 성공한 삶이고 행복한 삶이라고 말할 수 있다.

친구 중 어떤 이는 생활철학이 돈을 꾸지 않는 것이라 한다. 자신이 쓸 돈과 인간으로서 사회활동을 해야 할 돈은 비축하고 있어야 성공한 삶이 된다. 컴퓨터, 자가용은 없어도 되지만 생활비나 의료비, 교육비 등은 남의 도움 없이 스스로의 힘으로 해결할 수 있어야 한다. 이러한 최소한의 경제력은 갖추어야 성공한 삶이라고 할 수 있겠다. 이것만으로도 평범한 서민은 마음의 평화를 유지할 수 있다.

세상의 빛이 되는 사람

한참 세상을 뜨겁게 했던 탄핵정국은 뒤로 물러나고 전직 대통령은 차디찬 감방에서 회한의 시간을 보내고 있다. 물론 촛불 민심도 있었고 특검도 있었으며 청문회도 열렸다. 모든 시선이 그쪽으로 집중되어 있었다. 무엇이 원인인지는 관심 밖이었고 결과에만 시선이 집중되어 있었다. 무엇이 문제인가? 왜 그렇게 되었을까?

문제는 간단하다. 윤리도덕이 무너지고 책임을 회피하려고만 했다. 국민에 대한 책임을 지지 않으려고만 할뿐 자신의 잘못을 인정할 줄 모르는 무책임하고 용기 없는 자세 때문이었다.

우리가 법치국가에 살고 있는 한 법망만 피하면 된다는 사고는 매우 위험한 자세다. 특히 국정을 책임지는 사람이나 고위공직자에게는 견고한 윤리의식이 요구된다. 법 이전에 인간다운 태도까지 국민들이 기대한다. 하지만 이런 것들은 논외로 하더라도 최소한 법은 지켜야 할 것 아닌가.

텔레비전을 통해 청문회를 보노라면 거의 모든 증인들이 모르쇠로 일관하고 있었다. 모르쇠로 하자고 사전에 모의하고 청문회장에 나온 것처럼 보였다. 어떻게 이런 사람들이 고위공무원이 되었는지 모를 일이다. 젊은 시절 법학도였건 현재 법조계에 종사하는 인물이건 가릴 것 없이 거의 모두 똑똑하고 높으신 분들이 하나같이 거짓말이다. 분명 정의를 구현하고 실현하는 것이 법이다.

법조인을 포함하여 법학을 공부한 사람이면 누구나 실행해야 하는 대철학이 바로 정직이다. 이런 사람들이 왜 공직자가 되었으며 그것도 국민의 존경을 받는 고위공직자가 되었을까. 애초에 능력이 없고 자격이 없었다면 관직을 도적질한 것이다. 유능하고 정직하며 국민에 봉사하는 인재가 있어야 할 자리에 무능하고 거짓된 범법자들이 그 자리를 도둑질한 것이다.

정확한 진실은 잘 모르겠지만 고위공직은 개인의 영달과 가문의 영광을 위해 존재하는 것이 아니다. 국민을 위해 봉사하고 국가의 안전과 번영을 위하여 헌신할 때에만 개인의 명예와 가문이 빛난다.

고위공직은 국민과 국가에 지대한 영향을 미치므로 자기 자신에게 한번쯤 물어 보는 것이 어떠할지. 내가 과연 이 자리에 있을 자격이 있는지, 세상에 빛이 되는 사람인지, 가슴에 손을 얹고 가만히 사색에 잠겨보자. 그리고 내가 해야 할 일은 무엇인지. 세상의 빛이 되는 사람은 절망도 있고 실패도 있게 마련이다. 늪 속에 빠지더라도 희망을 버리지 않고 포기하지도 않으며 마음대로 죽을 수도 없다. 세상에 살아남아 봉사하고 헌신하면서 세상의 빛과 소금이 되어야 한다.

우리가 안경을 쓰면 눈의 불편을 어느 정도 해소할 수 있다. 자연적으로 눈을 보호하고 강화시킬 수 있다면 안경을 쓸 필요가 없다. 병이 들면 병원에 가서 치료를 받아야 한다. 그러나 평소에 알맞은 식습관과 운동으로 건강관리를 잘 하면 병원을 찾는 일이 줄어든다.

이것은 법과 윤리의 관계와 같다. 윤리도덕교육을 강화하면 법을 찾을 일이 별로 없다. 법치주의를 강화하는 것보다 윤리의식을 함양시키는 것이 근본적인 처방이 된다. 세상의 빛이 되겠다는 철학을 가진 사람만이 국가의 지도자, 국민의 존경을 받을 수 있는 자리에 있어야 한다. 이런 철학 없이 한 분야에 특출한 재능을 가진 자는 기술자에 불과하다. 이런 사람이 공직에 임명되면 세상의 빛이 되겠다는 사람의 통제를 받아야 마땅하다.

유치원이나 초등학생 시절부터 윤리, 도덕교육을 받았으나 자라서 대학생, 사회인이 되면 자기 양심에 맡길 일이라고 치부한다. 윤리교육을 등한시 한 결과 사회질서가 무너지는 원인이 되었다.

인간은 망각의 동물이며 삶의 전쟁터에서 사고하고 반성할 시간도 없이 바쁜 세상에 내몰린 것 같다. 이럴 때일수록 반복 교육훈련을 통하여 인간본성을 되찾아야 한다. 세상에 필요한 인재를 양성하는 일이 무엇보다 시급하다. 그러나 반복교육이 세뇌교육이 되어서는 안 된다. 지나치면 인간의 사고를 지배하기 때문이다.

훌륭한 재목이란 각 분야에서 두드러진 활약만 한다고 되는 것이 아니다. 인간다운 행동이 추가될 때만이 훌륭한 인재로 자란다. 즉 인재는 가치관이 바로선 가운데 각 분야에서 뛰어난 활약을 하는 자이다. 우리 조상님들은 책을 읽어도 순서가 있다고 하였다. 마음을 다스리고 중심을 잡는 『소학』『논어』『맹자』 등 인간의 도리부터 먼저 배우고 권모술수가 난무하는 역사서를 나중에 읽었다. 권모술수도 배워야 당하지 않는다. 필요에 따라서는 양모良謀도 해야 할 때가 있다. 세상을 구하기 위하여 또는 대의를 위하여.

훌륭한 의사는 독으로 독을 치료하고 병도 치료하는 것처럼 권모술수도 잘 사용하면 훌륭한 처방이 될 수도 있다. 이런 어려운 시기도 잘 대처하면 더 빛나는 세상, 밝은 세상을 만드는 데 밑거름이 될 수 있다.

신이 된 인간

이제는 인간이 신으로 진화했다. 인간이 곧 신이다. 21세기 인간의 능력은 신이 부여한 능력을 초월하여 어쩌면 초인을 넘어섰다. 신 그 자체로 변한 듯하다. 모든 분야의 첨단과학은 아무도 예상 못한, 어쩌면 신도 예상 못한 곳에 이르렀다. 그 끝이 어딘지 알 수 없고 예측도 할 수 없는 미지의 세상을 창조할지도 모른다.

가끔씩 텔레비전을 보지만 인간 능력에 경외감이 들며 두려움까지 느낀다. 인간의 한계는 있는가? 한계가 있다면 어디까지일까? 만일 한계가 없다면 인간이 생각할 수 있고 느낄 수 있는 것은 무엇이든지 창조하고 도달할 수 있으리라.

유전공학, 의학, 첨단산업, 우주항공 분야는 물론이고 윤리, 예술 등의 분야도 끝없이 발전하였다. 앞으로도 계속될 것이다. 어떤 기준점에서 방사선 모양을 이루며 끝없이 각자의 길로 달려가고 있다.

어떤 면에서는 혁신적이고 놀랄만한 성과와 함께 인간에게 아주 유용하고 정신적, 물질적 행복감과 풍요를 선사하고 있다. 다른 한편으로는 그림자처럼 따라다니면서 나쁜 방향으로도 나아가고 있다.

복제 양과 복제 개 등의 성공은 인간복제도 가능할 수 있다는 강력한 메시지를 전한다. 어쩌면 인간을 능가하고 오히려 인간을 지배할 수도 있는 무엇도 창조할 수 있는 가능성도 남겨두었다.

신만이 할 수 있었던 새 생명의 탄생과 지구 대기권을 벗어나 화성까지 탐사하였다. 위성이 태양계 밖 멀리 우주를 향하여 나아가고 있는 중이다. 인간이 만든 위성도 개발되었다.

알 수 없는 첨단과학과 기술이 반드시 선용된다고 아무도 장담할 수 없다. 그림자처럼 따라다니는 악용을 무슨 수로 방지할 수 있겠는가. 이제는 신도 인간을 통제할 수 없게 되었다. 인간의 능력이 신에 경지에 가까워졌다.

인간의 능력이 위대해진만큼 책임과 의무 또한 무거워졌다. 신에 의존하고 복종하며 신의 뜻이라 여기며 살아왔던 모든 것들이 인간의 손에 의해 실행된다는 사실, 그 자체만으로도 우리는 놀람과 두려움, 윤리도덕에 눈길을 주지 않을 수 없다. 인간 능력의 급 발전은 편익과 혜택을 주는 동시에 인간을 해치는 수단으로 바뀔 가능성도 배제할 수 없다. 머지않은 미래에 현실로 나타날 수도 있다.

그러니 방사선 모양으로 모든 분야가 끝없이 팽팽하게 나아가다 보면 저절로 균형이 잡힌다. 어떤 한 분야가 조금이라도 쇠퇴하거나 약해지면 균형이 무너지며 갑자기 한 쪽으로 쏠리거나 비틀거리게 된다. 이제는 악심과 선심도 이렇게 팽팽하게 균형을 유지하고 있다.

이 균형을 잡아줄 시각과 행동철학을 가진 분들이 소수로 밀려나고 있다. 윤리와 도덕을 외치는 자는 사라져 가는데, 극단적 쾌락주의를 외치는 자는 더 많아지고 있다. 그들이 더 큰 목소리를 내고 있다. 이 방사선 모양의 중심이 되고 중심을 잡아주는 이는 전지전능할 필요가 없다. 고른 사고를 가지고 자신을 희생할 줄 아는 인간이면 충분하다.

중심이 무너지고 도덕성이 붕괴되면 첨단의 무기와 지능이 결합된 전쟁에서 인류는 멸망할 수밖에 없다. 우리가 필요로 하는 중심을 지키는 이가 구원자이며 자신을 희생할 줄 아는 자이다. 양심을 지키는 사람이다.

야누스

그리스 신화에 나오는 야누스는 착한 천사의 마음과 포악한 악마의 마음을 함께 지니고 있다. 『지킬 박사와 하이드씨』라는 책에서 보듯이 사람도 선한 본성과 악한 본성을 동시에 지니고 있다. 본질적으로 선한 마음이 있겠으나 교육을 통해서 바른 마음을 익혀 착한 행동을 하게 되는 경우도 있다. 후천적으로 배워서 선한 마음이 될 때는 사회 상황과 문화와 종교가 다르면 선善의 기준도 달라질 수 있다.

악한 마음 역시 본성적으로 타고나는 경우도 있고 세상을 살아가면서 악한 것을 보고 느끼면서 악한 행동을 하는 경우도 있다. 본래 인간은 악한 마음을 지니고 있었다. 인간인 이상 고대나 현대, 서양이나 동양, 어떤 문화와 종교이든 악하다고 인정돼 왔다. 아무리 악하게 태어난 사람이라 할지라도 악을 행해서는 안 된다. 왜냐하면 사람인 이상 양심이 존재하기 때문이다. 양심만큼 오래된 것이 없으며 순수한 것도 없다. 양심은 깨끗하고 강하다.

양심을 상실할 만큼 몸이 허약한 환자는 악을 저지를 능력도 없다. 악인지 선인지 분간 못하는 사람은 지적 수준이 어린아이에도 미치지 못하니 사회의 위험이 되지 않는다. 사회적, 문화적, 이데올로기적, 종교적으로 규정하는 악은 우리 사회의 존속과 유지를 위하여, 사회적 조화를 유지하는 한 사라지지 않을 것이다. 종교적으로 자신의 신념이 정당하다고 규정한 악은 행할 수도 있다.

문제는 어떤 것이 선이고 무엇이 악인지 모르는 것이 아니다. 선악을 알면서도 우리 마음속 또는 마음과 반대 방향으로 행동하는 데 있다. 마음이 악으로 기우는 것은 양심보다는 개인이나 집단의 욕심, 욕망, 자신의 위신, 체면, 영웅심리, 분노, 시기심 등으로 이성의 힘이 악의 힘보다 약할 때이다.

마음과 반대로 악을 행하는 경우는 선한 힘과 의지가 미약하고 결단력과 용기가 부족하기 때문이다. 악으로 향하는 어떤 에너지를 제어해야 하는데도 과감히 떨쳐내지 못하고 머뭇거리다 보니 결국 악의 손아귀에 갇히게 되는 것이다.

아무리 갖고 싶고 하고 싶어도 우선 이성에 물어보고 다음에는 다른 사람들 마음이 어떤지 살펴보는 것이 좋다. 자신의 현실을 잘 둘러보고 양심이 허락하면 실행에 옮긴다. 우리의 마음은 선과 악 둘 다 공존하고 함께 추구할 수 있다. 세상 모두를 속이고 심지어 하늘과 땅을 속일지라도 자기 자신은 못 속이는 법이다.

악이 아무리 유혹해도 순수하고 깨끗한 마음을 유지할 수 있다면 이것이야말로 세상 모두를 위하는 길이다. 자기 자신도 위하는 길이니 세상에 두려울 것이 없다. 죽음의 세계에서도 편안히 영면할 수 있는 유일한 길이 선이다.

인간본성

인간은 선한 본성을 가지고 태어났을까, 아니면 악한 본성을 가지고 태어났을까. 아니면 이것도 아니고 저것도 아닌 백지상태에서 선과 악을 동시에 가지고 있는 야누스의 두 얼굴일까.

맹자의 말대로 아기의 순수한 눈을 보면 악한 기운을 전혀 찾아볼 수 없다. 이 순진무구한 아이가 자라면서 환경의 영향으로 악한 것을 배우게 되는 것일까. 루소의 주장대로 자연 상태에서는 서로 양보하며 돕기만 하는 이상적인 상태의 사회였을까.

순자의 주장대로 인간은 태어나면서 자기 자신만 알고 다른 사람은 전혀 배려할 줄 모르다가 교육을 통하여 보고, 듣고, 느끼면서 선한 사람으로 성장하는 것일까. 홉스의 말대로 서로 살아남기 위해서 투쟁만 하다가 공동체를 형성하고 서로의 이익을 위해서 돕고 사는 것일까.

아니면 인간은 본래 선과 악을 모르는데 순전히 성장하면서 선악을 배우고 행동하는 것일까. 혹은 본래부터 선악 모두를 가지고 세상사에 임하는 것일까. 확실한 것은 아무도 알 수 없다는 사실이다. 이 세상에는 선한 것과 악한 것이 존재한다는 사실과 선과 악을 구분할 수 없는 경우도 있다는 사실이다. 완전히 악한 행동만 하는 사람도 없고 또한 100퍼센트 선한 존재로 삶을 영위하는 사람도 없다.

내 나름대로 인간의 본성과 만물의 근원을 생각해 보았다. 이 세상 만물은 시간과 공간의 구분이 없던 1차원의 세상에서 시간과 공간으로 구분된 2차원의 세상에 진입하면서 어둠이 생겼다. 또한 완전히 순수 그 자체인 순수물질이 나타났다. 그동안 형체도, 빛도 없던 100원짜리 동전만한 순수물질이 2차원의 세상을 열며 우주 만물을 창조하였다. 어둠을 몰아내고 세상에 빛을 비추었다. 이 물질은 인간을 인간답게 하고 만물을 만물답게 하며 세상 모든 만생물의 근원이다. 반면 어둠의 물질은 파괴의 근원이며 악의 씨앗이다.

만물 중에서 순수물질을 가장 많이 소유한 것이 인간이다. 인간의 양심은 가장 순수한 물질에 가깝다. 그러나 세월의 흐름 속에 어둠의 물질이 침투하여 순수성을 유지하지 못하게 되어 선악으로 나뉘었다. 지구상의 모든 생물, 지구 자체를 분해하고 또 분해하면 결국에는 100원짜리 동전만한 순수물질만 남게 된다.

말 그대로 아무 잡물도 섞이지 않은 순수물질은 지구상의 모든 것, 혹은 우주의 모든 것, 예를 들면 내가 가진 시계, 자동차, 건물 등을 분해하고 소멸시킬 수도 있다.

우리가 생활하면서 양심대로 살아가는 이가 가장 순수한 인간이며 자연 그대로의 모습이다. 자연 그대로의 모습, 순수물질을 되찾는 일이야말로 인간의 책무이며 당연히 걸어가야 할 길이다. 인간본성을 찾는 머나먼 항해를 멈추면 안 된다. 이 항해를 멈춘다면 인간 세상은 종말을 고할 수밖에 없다. 인간이 순수물질을 버린다면 모든 자연도 파멸을 피할 수 없다.

그러나 인간은 위대하기 때문에 순수물질을 찾는 일에 몰두할 것이다. 이것만이 잃어버린 자신을 구하는 길이며 인간 존재의 의미이다. 이 일은 사람은 물론 모든 생물을 구하는 길이며 대자연과 우주를 지키는 일이다.

우리가 조금이라도 양심을 속이면 그 자리에는 어둠의 물질이 들어오며 양심을 속이면 더 많은 악이 찾아와 우리를 나쁜 곳으로 인도한다. '자연으로 돌아가자'란 말은 태초의 순수물질로 돌아가자는 말이다. 결국 양심대로 살아가자는 말이다.

이 양심이란 놈은 가책을 받으면 스스로 목숨도 버린다. 물론 분노와 괴로움, 외로움과 슬픔, 고통 등도 지독하게 인간을 괴롭히지만 양심과는 차원이 다른 이야기다.

인간성

우리는 일반적 보편적 윤리를 침해하는 사람들을 비난하는 일을 당연한 것으로 받아들인다. 그러나 역지사지의 입장, 더 나아가 자신이 그런 입장이라면 어떻게 할 것인가. 자신이 사회의 약자, 비난받을 수밖에 없는 사람으로 태어났다고 가정한다면 비난당해야 할까. 우리는 누구를 얼마나 비난할 수 있으며 이해 못할 일이 있을까.

물론 이해하는 것하고 용서하는 것하고는 별개의 문제다. 물론 법까지 위반하면 재판관이 인간적으로 이해해 줄지는 몰라도 처벌을 내리는 것은 당연하다. 일반인도 처벌을 원할 것이며 처벌받는 본인도 기꺼이 수용해야만 죄에 대한 대가를 치렀다는 마음에서 조금은 편하리라. 우리는 더불어 살 수밖에 없는 사회적 동물이다. 그 때문에 사회를 어지럽히고 공공의 이익을 침해하는 행위는 개인이나 사회, 국가, 인류 전체에 대한 범죄라고 보고 경중에 따라 상응하는 처벌을 받아야 한다. 죄를 지었으면 벌을 받는 것은 당연하다. 물론 이해는 할 수 있고 벌을 내리는 사람도 가슴이 아플 것이다.

읍참마속泣斬馬謖이라는 고사를 보더라도 한 인간으로서는 충분히 용서하고 받아들일 수 있는 일일지라도 전체의 보편적 가치와 일반적 이익이 개인 각자의 이익과 상충될 때에는 개인의 이익을 양보해야만 사회가 유지 존속될 수 있다.

개인의 능력과 입장이 사회의 요구에 부응하지 못한다면 그 사실을 빨리 깨달아야 한다. 사회가 자신을 위해 존재한다는 착각과 망상을 버리고 현실을 냉정하게 바라보지 않으면 안 된다. 자신을 특별한 존재, 선택받은 사람이라는 몽상을 지우지 않으면 인생길이 뒤틀릴 수밖에 없다. 물론 자신감도 훌륭한 미덕이고 패기도 아름다운 미덕이다. 자신을 가장 잘 아는 사람은 본인밖에 없다.

개인의 상황이 여의치 않아서 한두 번의 시행착오나 실패를 경험했을 수도 있다. 절대 시간의 부족 등 여러 가지 원인과 핑계가 있을 수 있다. 본인 스스로 안 될 줄 알면서도 고집을 부리는 경우, 남들은 힘든 일로 고통을 받아도 되지만 자신은 그런 일 못하겠다고 억지를 부리는 경우가 있어서는 안 된다.

내가 명문대를 나왔는데, 삼촌이 사장인데 하면서 다른 사람들의 눈치를 보는 사람, 3D 업종은 너희들이나 하라면서 여전히 캥거루 삶을 계속하는 사람, 막일하는 사람들을 무시하는 사람들, 이런 사람들은 왕후장상의 씨가 따로 없다는 옛말을 음미해볼 필요가 있다.

고급승용차를 타고 안락의자에 앉아서 여름이면 에어컨 빵빵 틀어놓고, 겨울이면 따뜻한 스팀 난로 옆에서 일하는 사람이 따로 정해져 있겠는가. 여름이면 38도의 불볕더위에 흘러내리는 땀을 닦으며 등에는 하얀 소금을 생산해내는 근로자도 있다. 겨울이면 영하의 날씨에 칼바람을 맞으며 극한의 직업을 가진 사람들 역시 정해져 있는 것은 아니다.

누구나 힘든 일은 피하고 싶다. 그것도 하루 이틀이 아니고 평생을 아예 희망을 놓고 묵묵히 일하는 사람도 있다. 보수 또한 열악하고 주 5일제도 시행하지 않으며 복지 또한 열악하다. 삶의 질은 생각할 여유조차 없다. 고되다는 군 생활은 아예 비교도 안 되는 일의 강도를 견뎌내고 있는 중이다. 여기에 인간 본성이 나타난다. 왜 나는 이런 일을 해서는 안 되고 남들은 이런 일을 하여도 괜찮은지.

먹고 살기 위하여, 밥벌이를 하기 위하여 한여름 땀을 많이 흘리면 하루 만에 몸무게가 1, 2킬로그램씩 빠진다. 다행히도 저녁을 먹고 다음날 아침을 먹으면 원상회복된다. 그러나 이런 작업장이라도 내게는 소중한 직장이며 삶의 터전이다. 이렇게 살다보니 내가 정말 하고 싶었던 책을 쓸 수 있는 것 같다. 정말 자신이 해야 할 일을 열심히 하다 보면 하고 싶었던 일 또한 부수적으로 찾아오는 것 같다.

요즘 세상에 몸만 건강하다면 자신의 눈높이에 맞는 직장은 구하기 힘들지 몰라도 밥벌이는 할 수 있다. 특권의식을 버려야 한다. 그러면 정말 자신의 능력에 맞는 하고 싶은 일을 할 수 있는 기회는 반드시 온다.

물론 사람에 따라 귀하게 태어났을 수도 있겠고 범죄자나 얻어먹는 사람, 사회의 낙오자, 장애우, 혹은 막일을 하기에는 너무나 허약한 사람도 있을 것이다. 놀고먹기 좋아하고 향락을 업으로 삼으며 인생을 헛되이 보내는 자도 있다. 그런 사람은 과거를 돌이켜 보라고 말하고 싶다. 어쩌면 지구상에서 가장 가난한 나라의 가난한 집에서 태어나 전쟁의 잿더미를 헤친 적은 없었는가.

자신의 처지를 한번쯤 고민해 본 사람이라면 세상에 포용 못할 일, 이해 못할 일, 개인적으로 용서 못할 일이 무엇이겠는가. 이해하고 용서할 수 있는 것이 인간본성이라고 말하고 싶다. 사회를 위하고 대의를 위하여 잔정은 버려야 될 때도 분명 있다. 이런 경우에도 용서하지는 못할지라도 이해하는 마음은 필요하다.

인간적

우리는 살아가면서 인간적이란 말을 많이 사용한다. 보통은 좋은 의미로 받아들인다. 인간적이란 의미는 다양하며 감성적일 때나 이성적이고 지성적일 때도 인간적이란 말을 한다.

신사는 아무리 더워도 정장을 해야 한다는 규범을 벗어나서 반바지에 러닝셔츠 차림으로 더위와 싸울 때는 인간적 모습이다. 궂은 일에 슬퍼할 줄 알고 즐거운 일이면 기뻐할 줄 알아야 사람이다. 고통에는 참을 수 없이 괴롭다고 말해야 한다. 이것이 인간적인 모습이다.

반대로 예의를 잘 지키면 인간답다고 말을 한다. 아무리 기쁘고 슬플지라도 내색하지 않고 주위 여러 사람들을 배려하는 마음도 또한 인간적인 모습이다. 숭고한 인간성이 드러나는 경우이다.

인간적이란 말의 중심에는 인간다워야 한다는 의미가 담겨 있다. 인간이기에 역경도 극복하고 헌신적 희생을 감수한다. 이웃과 함께 즐거움을 나눌 줄 알고 슬픔도 공유하며 인간이기에 불의를 보면 정의감을 참지 못한다. 사람이기에 인간의 존엄성을 지켜나가며 만사를 이성적으로 판단할 수 있다.

인간이 스스로 존엄성을 수호하지 못한다면 존재할 가치가 없고 한낱 동물에 불과할 것이다. 요즘 사람마다 행복 추구권이다 하면서

향락과 퇴폐, 비윤리적인 언행을 하는 이들이 점차 늘어가고 있다. 사회도 그렇게 유도하는 듯하다.

우리 헌법이 보장하는 인간 존엄의 권리와 행복추구권이 경우에 따라서는 충돌을 예상할 수도 있다. 해석하기에 따라서는 인간 존엄성만 강조하다 보면 개인의 행복추구권을 침해할 소지가 있다. 반대로 행복추구권만 강조하다 보면 인간의 존엄과 가치가 무너지는 것도 예상해 볼 수 있다. 내가 중학교 때 자유와 평등이 상호 이율배반적이라고 배운 기억이 있다.

행복추구권이 포괄적 권리라고는 하지만 인간의 존엄과 그 가치를 침해하지 않는 범위에서만 인정하고 유지되어야 한다. 우리가 인간의 존엄과 그 가치를 지켜내지 못한다면 존재 가치가 없어진다. 결국 조물주에 의해서든 인간 스스로 그렇게 하던 간에 멸망의 길을 갈 수밖에 없다. 조물주가 만물을 창조하고 다시 인간을 조성하였다. 그런 다음 인간에게 만물을 다스리게 하고 자유의지를 부여하여 스스로 판단하게 했으며 책임과 의무를 다하게 하였다.

지금까지 인류가 걸어온 길이 바른 길만은 아니었지만 역사는 발전해 왔고 오늘날의 인류가 존재하도록 만들었다. 수많은 조상들의 피와 땀, 눈물의 결과이다. 그러나 멀지않은 미래에 지금보다 차원이 다른 큰 위기가 찾아올지 모른다. 아니면 그야말로 꿈에 그리던 지상낙원이 찾아 올 것이다.

인류의 위기

일반인이 이해하기 어려울 정도로 과학기술이 진화를 거듭하고 있다. 인간의 위대함이라고 할까. 이런 눈부신 발전을 선용만 한다면 무엇을 더 바라겠는가.

만약 기술을 악용한다면 상상하기 어려운 결과를 초래할 수도 있다. 현대는 정부가 국민을 통제하기 때문에 국가 차원에서 이용을 하다 인류의 종말을 몰고 올 정도까지는 이르지 않을 것이다. 국제사회도 인류의 공존과 번영을 위한 길로 인도할 것이다.

문제는 과학자 집단이다. 인간성이 마비된 그들이 아무도 모르게 3차원의 무기를 개발하여 사용한다면 어떻게 되겠는가. 정부나 국제사회의 통제도 받지 않고 이들 집단이 행동한다면 인류의 종말이 올 것이다. 3차원의 무기는 인류가 개발한 어떠한 무기보다도 성능이 뛰어나다. 화생방 무기보다도 위험하며 알아차리기도 어렵고 간단하게 무장할 수 있다.

내가 말하는 3차원의 무기란 제3의 물질을 사용한 무기다. 3차원의 물질은 인간의 뇌를 지배하는 물질이다. 다시 말하면 생각하는 물질이다. 인간의 전형은 유아기부터 성장하다가 청년기에 절정을 이룬다. 어느 시점에서 뇌의 발전이 정지되며 노년에 이르면 퇴화한다. 심지어 치매가 기다리는 경우도 있다. 이런 현상은 인간의 두뇌가

3차원의 물질을 흡수하다가 다시 빼앗기기 때문에 일어나는 현상이다.

나는 의학에 대해서는 무지하지만 3차원의 물질을 모을 수도 있고 빼앗을 수도 있다고 확신한다. 이와 같은 가정이 현실화한다면 인공지능이 아닌 지구상의 생물, 예를 들면 문어에게 생각을 지배하는 3차원의 물질을 주입한다고 하자. 그 문어를 메인 컴퓨터로 만들어 자신들만이 통제할 수 있도록 시스템을 갖춘다면 모든 인류는 문어의 노예로 살 수밖에 없다. 물론 문어를 조종하는 자는 보이지 않는 과학자일 것이다. 인간이 가진 생각하는 물질을 빼앗아 문어에게 주면 오로지 문어의 지시에만 복종하게 된다. 얼마나 무서운가.

3차원의 무기를 만드는 과정에서 성능을 확인하기 위하여 인간의 생체실험을 할 수도 있다. 하지만 인류는 원시 시대의 그 연약함에도 끈질긴 생명력으로 자연환경을 극복하였다. 수많은 질병, 자연재해, 전쟁에도 불구하고 역경을 딛고 발전을 거듭해 왔다.

아무리 인간을 길들이고 복종케 하여도 진정한 양심이 존재한다면 모든 것은 극복할 수 있다. 양심이야말로 무한한 능력을 발휘하며 가장 천재적인 두뇌로 인정받을 것이다. 3차원의 생각하는 물질도 순수 양심 앞에서는 고개를 들지 못할 것이다. 왜냐하면 양심이 생각하는 물질의 주인이기 때문이다.

종교

종교란 신 또는 초인간적 존재를 내세워 사람을 지배하며 인도자로 믿고 복종하도록 일정한 의식을 통하여 예배하며 윤리와 철학을 기본으로 하여 인간생활을 풍요롭게 한다고 정의할 수 있다. 사실 종교의 시작은 인류의 역사만큼 오래되었다. 대부분의 인간은 그것이 원시적, 현대적, 이성적이던 간에 종교를 가지고 있다.

겉으로 표현하지 않고 의식도 행하지 않으나 자기 자신만의 종교도 있을 수 있다. 종교는 인류 역사에서 수많은 기능과 역할을 담당해 왔고 종교적 가르침을 진리로 받아들이고 있다.

종교적 실천을 수행하는 수많은 종교인들의 수행법은 오늘날에도 이어지고 있다. 심지어 새로운 종교도 탄생하고 있으며, 앞으로도 종교생활은 계속될 것이다. 그리고 신흥종교도 발생할 것이다.

종교의 역기능도 많아서 가정 파탄이나 불화, 종교전쟁도 수없이 많다. 수많은 생명들이 종교적 이념이 다르다는 이유로 전장에서 이슬처럼 사라졌다. 21세기인 현재도 종교분쟁은 끊임없이 상존하고 있다. 종교적 믿음이 다르다는 이유로 박해를 받거나 삶의 터전에서 쫓겨날 수도 있다. 인간의 이성이 마비될 수도 있다.

대부분의 나라에서는 종교의 자유를 인정하고 있다. 그러나 대부분의 종교인들이 오해와 편견을 지니고 있으며 종교간 갈등의 불씨를 많은 국가에서 보유하고 있다. 타 종교를 완전히 이해하고 인정하기란 문화적 차이와 관습, 전통 등이 장애물이 된다. 이런 요소를 수용하라는 것은 자기 종교만을 진리로 여기는 독실한 신자들에게는 무리한 요구가 아닐 수 없다.

타 종교를 인정하지 않은 광신적 믿음은 인류의 평화를 위협하는 아주 무서운 존재이다. 일반 평신도나 사회 지도층 인사, 종교 지도자라 할지라도 타인을 보는 편견은 매우 위험하다. 종교분쟁은 시작은 있으나 끝이 없는 갈등의 불씨이며 언제 폭발할지도 모르는 시한폭탄이다.

건전한 종교생활과 광신적 종교생활을 분명하게 구별하기는 힘들다. 믿음의 대상과 철학이 다르더라도 그 자체를 인정하고 용인해주어야 분쟁의 불씨를 막을 수 있다. 자신의 종교만이 진리이고 타 종교는 사이비라고 할 만한 근거는 아무 데도 없다. 세상을 기만하고 사리사욕을 채우기 위하여 종교를 빙자한 단체나 개인에게는 비난과 책임을 물어야 한다.

종교의 궁극적 목적은 진리를 탐구하고 인간세상을 구원하며 인류를 평화의 세상으로 인도하는 일이다. 그러므로 인류를 행복하게 하고 인간의 가치를 보존하는 데 있다.

그런데도 일부 종교는 사회통합을 방해하고 국민을 분열시키며 종교적 이유로 민족 간 국가 간 전쟁의 불씨로 작용한다. 종교 이념은 광신적이라고 말하지 않을 수 없다. 내가 타 종교를 인정하지 않으면 타종교인도 내 종교를 인정하지 않을 것이다. 내가 타 종교를 인정하면 타 종교도 나의 종교를 인정할 것이다. 상호 존중이야말로 사회통합적이며 평화의 길로 인도하는 지름길이다.

건전한 신앙생활은 개인에게 마음의 평화와 안정을 주며 진리를 탐구하게 한다. 사회를 통합시키며 동시에 범죄도 예방한다. 종교야말로 민족문화와 풍요로운 인간 삶을 보장해 주는 장치이다.

추억

어느 누군가는 추억은 아름답다고 하였다. 아무리 어렵고 힘들며 고통스러운 기억 일지라도 지나간 일이니 아름답다고 이야기할 수 있다. 누구나 많은 추억들을 가지고 있을 것이고 지난 일일지라도 현재까지 고통이 연결되지 않거나 잊어버린 고통은 아름다울 수 있다. 그 고통이 계속 연결되거나 결과로 말미암아 불행이 초래되었다면 아름다울 수 없다.

당시에는 너무나 고통스럽고 어려운 시간들의 집합이라도 자신에게 큰 감동을 선사한 일들, 자신은 생각지도 못하고 행동하지도 못할 일들을 해낸 사람들을 가만히 되돌아보면 아름다운 사람이다. 아름다운 추억을 선사한 사람임에 틀림없다.

대부분 대한의 아들들은 군 생활을 경험했을 것이다. 많은 추억들을 만들어 남겨두었으며, 간직하고 전역을 하였다. 내가 군 생활을 시작하여 갓 이병이었을 때 생각나는 사람이 있어 펜을 들어본다.

노 병장이라는 선임병이 있었는데 그는 특별히 운동을 잘 한다거나 군 생활을 잘 한다기보다 열심히 하고 책임감이 강했다. 후임병에게 매우 엄격했으며 군에서 필요한 지식을 교과서적으로 익힐 것을 요구하고 또한 후임병을 아껴 주었다.

운동경기가 있으면 병장인데도 불구하고 가장 큰 목소리로 응원하였다. 후임병이 감기라도 들면 부대를 월담하여 민가에서 참기름을 구해와 간호하며 후임병을 돌보아주었다. 엄밀히 이야기하자면 탈영까지 하여 후임병을 돌보아주었던 것이다.

물론 군 의무대도 있었으나 사소한 감기나 몸살 등은 내무반에서 한 서너 시간 모포를 뒤집어쓰고 누워있으면 낫기 일쑤였다. 이렇게 후임병을 사랑하지만 군 예절을 어기거나 근무태만이면 크게 혼을 냈다.

노 병장의 부대사랑과 책임감은 전역을 하고서도 여전했다. 그는 소속 연대를 떠나 사단사령부가 있는 양구에서 예비군 마크를 달고 전역하여 강원도 춘천까지 갔다가, 다시 인제에 있는 부대로 되돌아온 영원한 병장이었다. 그는 M60 기관총 사수였는데 손질이 잘 되었는지 안심이 안 되어 다시 돌아와 확인하고 고향으로 갔다. 그는 서울 출신이었으며 우리부대는 17연대였다.

힘든 군생활이었으나 후회는 없고 인생에 있어서 한 번은 거쳐볼 만한 경험이었다. 결코 시간낭비가 아닌 숙식을 같이하는 단체생활, 개인의 자유보다 단체의 이익이 우선이고 단체가 일사분란하게 움직이기 위해서는 엄격한 규율이 필요한 만큼 혈기 넘치는 젊은 시절의 소중한 경험이다. 또한 자유의 소중함도 뼛속 깊이 느낄 수 있음은 물론 국민의 자유, 인류의 자유를 위해서는 어떤 희생도 감수해야 한다는 사실을 깨닫게 해 주었다.

제5부

자유로운 삶은 긍정적 사고에서

긍정적 사고

긍정적 사고를 하자고 모두들 이야기를 한다. 누구는 매사에 긍정적인데 누구누구는 그렇지 않다고 말을 한다. 흔히 하는 말로 해보지도 않고 '안 된다 못하겠다'고 하는 것은 긍정적 사고하고는 거리가 있다. 안 될 줄 뻔히 알면서도 행운이나 재수를 바라보고 하는 행위 또한 긍정적 사고라고 할 수 없다.

긍정적 사고는 적극적 사고이며 불굴의 의지이다. 적극적 사고는 자신감의 상징이며 도전정신이다. 무조건 긍정하며 '예스'만 외치는 예스맨이 긍정적 사고의 소유자는 아니다. 자신의 능력과 상황을 잘 판단하여 다소간의 어려움과 난관이 있더라도 극복할 수 있다는 자신감, 그리고 자기 자신에 대한 믿음을 가지고서 만사를 대하는 정신이야말로 긍정적 사고이다. 자신에 대한 믿음을 소유하지 못하고 너무 소심하여 우유부단하게 바람 부는 대로 살아가는 이는 긍정적 사고의 소유자라고 말하기 어렵다.

잘못된 것을 잘못했다고 말할 수 있는 것이 긍정적 사고이다. 또한 적극적으로 개선하려고 노력하는 것이 긍정적 사고의 소유자이다. 말로만 '노력해야지' 하면서도 행동으로 옮기지 않으면 소용이 없다. 남의 약점만 들춰내고 타인의 이야기를 하면서도 정작 자신은 그렇게 행동하지 않는 자는 이기주의자거나 비관론자이다. 아니면 자격지심을 가진 자라고 말할 수밖에 없다.

나 자신을 믿고, 우리 국민을 믿으며 인간 본성을 믿어야 한다. 우리 겨레는 아무리 어려운 난관이 닥쳐도 극복해 왔다. 앞으로도 극복할 수 있다는 믿음을 가지고 세상을 바라보고 행동한다면 틀림없이 성공할 수 있을 것이다. 긍정적 사고의 소유자는 우리 모두가 본받을 만한 가치 있는 자이다. 모든 사람이 다 옳다고 하여도 아닌 것은 아니라고 말할 수 있는 사람은 자부심과 자신감의 소유자이다. 또한 용기이며 자신에 대한 믿음을 가진 긍정적 사고의 소유자이다.

길과 빛

길이란 지나다닐 수 있는 모든 형태의 공간이다. 과거의 모든 것 즉, 생물이나 무생물의 역사도 지나온 길이요 앞으로 나아가야할 형태의 길이다. 인간의 길이란 우리가 어떻게 살아왔으며 현재 어떻게 살고 있는가 하는 것이다. 살아가야할 방향 또한 길이다.

빛이란 우리가 무엇을 볼 수 있고 장애물을 피할 수 있게 해주는 존재이다. 밤길을 걸을 수 있게 밝혀주는 달빛도 빛이요, 형광등, 백열전구, 호롱불 등 우리가 눈으로 볼 수 있게 해주는 모든 밝음이 다 빛이다. 빛이 있어 우리가 사물을 식별할 수 있다.

인생을 큰 과오 없이 살다가 가도록 해 주는 명언 한마디도 빛이요, 세상을 위해서 평생을 고민하며 헌신해온 성인 선현들의 말씀 한마디도 빛이다. 그 분들이 지나온 역사 또한 밝은 빛이라 할 수 있다.

인생길을 걷는 나그네인 우리는 시간이라는 길을 걸으며 양심이라는 불빛 아래서 진리를 찾아 끝없이 헤맨다. 선조들이 지나온 길을 되풀이해 걷다가 또 다른 길을 찾아가기도 한다.

과거에 우리가 걸어온 모든 것, 현재의 실존 등이 우리의 본질과 대립하는 것이 아니다. 양심의 빛을 향해 항해를 계속하는 한 우리는 삶의 본질을 찾아가는 실존적 존재다. 그리고 양심의 빛을 비추며 시간이라는 길을 걸어가는 존재야말로 본질적 존재다. 원래 인간에게는 양심만이 존재하며 다른 모든 것은 부가적이다. 양심이 인생을 풍부하게 하는 양념 같은 존재가 될 때 실존의 본질이 된다. 본질적 존재가 곧 실존적 존재이다. 이 존재는 인류 최초의 모습이며 오염되지 않은 순수 자연의 모습에 가깝다.

꿈 이야기

꿈의 신비는 현대의학, 심리학, 정신 분석학 등에서 활발히 논의되고 있다. 그러나 이직도 그 비밀을 완전히 밝혀내지는 못했다. 한때는 나도 무협소설에 심취한 적도 있었다. 무협의 세계는 상상의 세계이고 가공의 세계이지만 전혀 불가능한 것만은 아닐 것이다. 기공을 연마하는 사람들 중 어떤 이는 극한까지 기공을 익히면 무협소설의 무공은 보잘것없는 수준이라고 말하곤 한다.

따뜻한 봄날 나는 꿈속에서 무협소설의 무대로 달려갔다. 우리나라 최동쪽 울릉도와 독도가 중심이 된 무협의 세계가 펼쳐졌다.

태고적부터 오늘날까지, 그리고 미래의 영원한 시간까지 변치 않는 절대 문파가 있었으니 그 이름이 태극문이다. 태극문은 세상에 알려지지 않은 신비의 문파지만 인류가 위기에 처하면 언제든지 나타나 세상을 구하며 그 능력은 절대 강자이다.

울릉도에 존재하는 태극문은 베일에 가려진 문파이다. 그들은 언제나 은둔하고 있지만 잠시라도 세상에 눈을 떼지 않고 지켜보며 어느 누구도 어떤 집단도 세상을 구할 수 없는 절체절명의 위기 시에만 나타난다.

온 세상을 위해서 모든 것을 희생하며 인류를 위기에서 구하고 존경과 경외감을 한 몸에 받는 절대적 문파이다. 어느 때 창설했으며 누가 무공을 전수했는지 아무도 모른다. 문파의 계율 중에 '세상을 구하라. 정의를 위해 싸우라'는 문구 한 자 없으나 그들은 정의롭다. 세상을 위해 온몸으로 헌신하고, 봉사하며, 희생하는 강호인들이다. 그 집단에 들어가면 자신도 모르게 정의로운 무인이 된다. 아마 그들이 익히는 무공이 그렇게 만드는가 보다.

태극문의 비밀은 독도에 있다. 한 세대에 직전 제자를 3명씩 두며 독도에서 가공할 무공을 스스로 연마한다. 떠오르는 태양을 보고 태양신공을 익히고, 바다에 비친 달그림자를 보고 태음신공을 연마한다. 하늘의 별을 보고 우주를 배우고 그 넓은 바다를 바라보며 마음을 크게 가진다. 또한 수중신공을 연마하고 떨어지는 별똥별을 쳐다보고 경공술을 익히며 휘몰아치는 태풍을 만나면 회선류라는 장풍을, 일식 월식을 만나면 은둔술까지 익힌다.

이 모든 무공을 극한까지 연마하여 융합하면 삼라만상의 모든 정기를 모은 태극신공이 완성된다. 태극문의 절대자들은 반드시 독도에서 수련하며 그 깨달음이 태극신공에 이른 자는 얼마 되지 않는다. 이상하게도 인류가 위기에 처하면 반드시 태극신공을 연마한 위대한 영웅이 출현한다. 그들의 활동범위는 가공의 세계인 현 중원 중심의 무대를 벗어나 육대주 오대양을 비롯한 인류가 거주하는 곳이면 화성까지도 활동 무대가 된다.

이리하여 북미에서 남미, 남극과 아프리카 할 것 없이 인류가 사는 곳의 기후와 문화, 전통 관습을 무협지를 통하여서도 배울 수 있고 아울러 지리공부도 할 수 있다.

모든 것은 5분간의 한낱 꿈이었다. 진정한 강자는 내세우지 않고 묵묵히 자신의 할 일만 하다가 꼭 필요할 때 나타나 봉사와 희생을 하며 인류에 대한 자신의 책임을 다한다.

태극문에 전해 내려오는 수많은 이야기들은 신비한 전설이요 인간 승리이다. 어쩌면 이것은 단지 전설만이 아닌 현세이든 미래에서든 나타날 수도 있는 현실이 될지도 모른다.

꿈과 희망

어릴 적 누구나 큰 꿈을 꾸게 되고 자라면서 현실적인 꿈을 가지게 된다. 성인이 되어 몇 번의 실패를 경험하게 되면서 인생이란 그렇게 만만치 않음을 깨닫게 된다. 그러나 어떤 연령대이건 꿈이 없는 인생은 불행하다. 꿈이 없다는 것은 노력하지 않겠다는 것이다. 그저 하루하루를 소모하는 하루살이 인생이라 한들 크게 틀린 말은 아닐 것이다.

그러나 요행이나 재수를 바라는 것은 꿈을 가진 인생이라 할 수 없다. 요행은 그저 요행일 뿐이고 감나무 밑에서 홍시가 입안으로 떨어지기를 바라는 것과 같다. 동화 속의 신데렐라가 나의 운명이라 생각하는 것이나 수주대토守株待兎하는 어리석은 자들이나 하는 짓이다.

인생을 살다보면 험난한 장애를 만나기 마련이고 자신의 계획대로 되는 일은 그리 많지 않다. 역경을 만나더라도 꿈과 희망을 버리지 않고 극복해가는 과정이 진정 꿈을 향해 뚜벅뚜벅 걸어가는 인생의 도정이다. 현실 세계의 실존 그 자체가 바로 천국이라 말하는 이도 있고 지옥이라 말하는 이도 있다. 흔히 '살자니 고생이요 죽자니 인생'이라고 표현하기도 한다.

그러나 나는 현실이 고통스러워도 꿈과 희망을 가진 자는 천국에

사는 것이고 현실이 편안하더라도 꿈과 희망을 저버린 자는 불안한 지옥에 사는 것이라 말하고 싶다.

꿈과 희망이 있으면 어떤 고난이 닥치더라도 극복할 수 있는 에너지가 생긴다. 꿈과 희망을 저버린 자는 인생이 무의미하며 생의 가치나 보람을 느낄 수 없다. 자포자기에 빠지게 된다. 특히 젊은이들은 큰 꿈을 키워야 한다. 실패를 했더라도 후회하지 말고 포기하지 않으며 고난의 벽이 앞을 가로막더라도 희망을 가져야 한다. 빠른 길로 못 가면 돌아서 가더라도 생의 목적지를 향하는 발걸음을 멈추면 안 된다.

산 너머 산, 강 건너 바다가 가로 막더라도 꿈을 향한 항해를 계속하는 자만이 인생의 참 맛을 알 수 있고 풍부한 삶을 영위할 수 있다. 누구는 지름길로 가고 누구는 돌고 돌아 목표를 향해 항해를 한다. 먼 길을 돌아 목표점에 도달한 자는 시간과 정력을 많이 소비했지만 그 보상은 더욱 크다. 인생의 찬밥과 더운밥, 쓴맛과 단맛을 다 경험한 베테랑이요 어떠한 위기가 닥치더라도 거뜬히 극복할 수 있는 역량의 소유자이다.

누구나 똑같이 인생길을 걷고 있다. 꿈을 가진 자는 천국의 길을 걷는 자요 희망을 버린 자는 지옥의 길을 걷는 자이다. 꽃길만 걷는 자는 결코 인생의 묘미를 알지 못한다. 시련을 극복하며 가시밭길을 걸은 자만이 인생의 의미를 알 수 있다. 그런 사람만이 인생을 논할 자격이 있다.

상여

상여는 사람의 시신을 장지까지 실어 나르는 가마이다. 많은 사람들이 상여를 메 본 경험이 있을 것이다. 경험이 없다 할지라도 구경은 해보았을 것이다. 직접 구경할 기회가 없었다고 해도 언론 매체나 그림책을 통해 보았을 것이고 이야기는 들었을 것이다. 나는 어렸을 때부터 상여를 구경하였다. 청년 시절에는 직접 상여를 메고 장지까지 고인을 모시고 가 장례를 치르기도 했다.

이런 경험이 있는 필자가 꿈에서도 생각지 않았던 직장을 구했다. 바로 경남 창원시 마산에 있는 창원공원묘원의 가족으로 8여 년을 근무하였다. 물론 여러 가지 많은 일들을 하지만 주업무는 매장하는 일이었다. 관을 운구해 오면 저절로 숙연해지며 약간의 긴장도 한다.

지금은 묘원에 매장하기 위해 운구할 때는 상여를 이용하지 않는다. 여러 명이 관을 묶은 끈을 잡고 손으로 운구한다. 대부분의 공원묘원에서는 옛날부터 해오던 상여를 이용하지 않고 영구차가 장지 가까이 도착하면 그냥 운구한다. 아무리 직업이라고는 하나 직원들도 상주들과 같이 슬픔을 느끼며 정성을 다해 장례의식에 임한다.

장사 분위기도 대부분 슬픔 속에서 진행되지만 조금씩 다르다. 비통해 하는 상주와 유족들도 있고, 무덤덤한 표정의 유족들도 있다. 간혹 이 험한 세상을 등지고 아픔도 슬픔도 없는 저승에서 편히 쉴 수 있게 되었다며 안도의 한숨을 내쉬는 유족들도 있다.

종교 의식에 따르거나 혹은 풍수에서는 좌향을 많이 따진다. 만약 땅에 정기가 있다면 분명 명당은 존재할 것이다. 이런 명당은 그 땅의 주인이 될 자가 아니면 받아들이지 않는다고 한다. 만약 땅에 정기가 없다면 명당이라는 것은 존재하지 않을 것이다. 망자와 땅의 기운이 조화를 이루는 곳이 명당이 아니겠는가. 아무리 명당이라고 하나 사자가 나쁜 짓을 많이 하여 사기가 서려 있으면 땅의 정기가 망자를 거부한다는 것이다. 몸에 맞는 옷을 입어야 맵시가 나듯이 자신에게 맞는 땅에 묻혀야지 그냥 욕심대로 천하명당을 차지하여 보았자 아무 소용없고 오히려 화를 부를 수도 있다.

어릴 때부터 동네 어른들이 상여를 메고 가면 의문이 하나 있었다. 오르막을 오르면 무게 중심이 뒤로 쏠려서 뒤에 선 사람이 힘들다고 학교에서 분명히 배웠다. 상여는 구릉지나 산으로 가는데도 힘세고 키 큰 사람이 앞에 서고 키 작고 힘 약한 이가 뒤에 선다. 물론 경험을 해보아도 분명 오르막 길은 앞선 사람이 더 힘들다. 물론 시신의 무게도 앞쪽 머리 부분이 뒤쪽 발 부분보다 무겁다. 그렇지만 꼭 그 이유만은 아닌 듯싶다.

평지가 아닌 험한 길을 갈 때는 앞에서 끌어가는 것이 뒤에서 밀어주는 것보다 힘들며 또한 효과적인 것 같다. 세상만사 이치가 앞에서 끌어가는 것이 힘들기는 하나 효과적이며 뒤에서 밀어주면 힘이 덜기는 하나 효율성이 떨어진다.

우리가 학교에서 배운 지식 중에 사회에 그대로 적용되지 않는 경우도 많이 있다. 학교에서 배운 많은 지식은 '모든 조건이 동일하다면'이라는 전제를 붙이고 하는 말이다. 모든 조건이나 상황이 다른데 학교에서 공부한 지식을 믿고 사회나 자연현상에 적용한다면 큰 낭패를 볼 수 있다.

이런 지식은 일일이 설명할 수도 없고 가르쳐 줄 수도 없다. 상황에 따라서는 원칙보다 변칙이나 편법이 더 효율적이며 정확할 수도 있다. 순수하고 순진한 사람에게는 꼭 일러둘 필요도 있다. 모든 상황을 다 설정하여 교과서를 서술할 수는 없다. 선생님들도 가르쳐 주기 어려울 때가 있다.

상한의 지혜

모든 일을 완벽하고 멋지게 한다면 이보다 바람직한 것은 없을 것이다. 하지만 시간적 경제적 한계가 있게 마련이고 인간 능력에도 한계가 있다. 학문이나 취미, 특기와 장기, 기능과 예술, 문화와 체육 등 모든 분야를 총 망라하여 잘할 수 있는 인물은 극히 드물다.

더구나 평범한 사람은 한계가 있게 마련이다. 전 분야를 다 잘하려고 시간과 노력을 투자하지 말고 한 분야에 집중적으로 투자하여 독보적인 존재가 되어야 한다. 나머지 분야는 남과 어울릴 수 있고, 상식적이며, 교양인 수준으로만 시간과 노력을 투자하는 것이 현명하다. 그러면 누구나 행복한 삶을 영위할 수 있을 것 같다. '한 가지 분야에 정통한 사람은 밥 먹고 살아도 팔방미인은 굶주린다'는 우리나라 전래 속담도 있다. 이것이 시공의 제약을 받는 인간의 한계이다.

국책 사업도 마찬가지다. 국가의 정책을 입안할 때도 적용할 수 있다. 모든 분야에서 세계 최고의 수준으로 만든다면 금상첨화이겠지만 현실에서는 여러 가지 제약조건이 존재한다. 선도적 분야는 집중 투자하여 세계최고로 만들고 조금 여유가 있거나 시급하지 않는 분야는 뒤로 미루는 것도 한 방법이다. 인간의 능력에는 분명 한계가 있다.

건축과 토목 분야에서도 시간과 경제적 여건 등에 제약이 따른다면 특정한 것은 제대로 완벽하게 하고 나머지 부문은 생활에 불편하지 않을 정도로만 하여 시간과 경제 사정상 한계를 극복할 수 있다.

모든 부문을 어중간하게 똑같이 한다면 나중에는 모든 부문을 다 허물어버릴지도 모른다. 세상의 어떤 분야나 지역, 개인이나 국가에 적용하는 이치는 같다.

세월

세월은 정해진 속도대로 간다. 누가 무슨 말을 하고 어떤 유혹을 해도 그저 제 갈 길을 묵묵히 간다. 아무리 잡으려 해도 잡히지 않고 아무리 다그쳐도 눈 한번 깜박거리지 않는다. 모든 만물에 평등을 외치며 그렇게 살아간다.

아무리 억울한 일, 기쁜 일, 슬픈 일, 영광과 치욕을 개의치 않고 말없이 제 갈 길을 뚜벅뚜벅 걸어간다. 비통한 아우성, 영광의 환호성을 모두 어깨에 걸머지고, 머리에 이고, 가슴에 안고, 망각과 희망을 찾아 먼 길을 간다.

세월은 만물에 공평하게 대하니 일처리에 불만을 가져서는 안 된다. 세월에 저항하는 이 또한 드물며 항의를 해본들 아무 소용없는 일이라는 것을 모두가 수긍한다. 세월이 이렇게 대우하니 어찌 한창 일하고 공부하며 운동도 하고 돈을 벌어야할 시기에 게으름을 부리겠는가. 세월을 헛되이 보내는 자가 있으니 이를 두고 '시간 죽이기'라며 손가락질을 한다. 세월은 1분도 기다려 주지 않는다. 연민의 정조차 남기지 않는 무정한 녀석이다.

세월을 산다는 이는 지금 이 순간에 제 할일을 열심히 하고 의미있는 시간을 가지려고 한다. 최선을 다할 수는 없을 지라도 스스로 만족할만한 시간을 보내며 내일의 희망을 가진다.

세월을 낚는다는 이는 때를 기다리며 조용히 목표를 향해 나아간다. 지금은 비록 고되고 괴로우며 지루한 현실이지만 기회를 기다려야 한다. 차근차근 준비하여 희망을 가지고 목표를 향해 나아간다. 거친 파도와 폭풍우를 뚫고 끝없는 항해를 계속한다.

누구나 그냥 세월을 보내는 시간 죽이기를 한 적도, 세월을 산 적도, 낚은 적도 있을 것이다. 어느 시점에 언제 어떻게 그랬느냐가 중요하다. 인내는 필수과목이다. 하지만 무엇보다도 미래를 보는 혜안이 중요하다. 내가 누구인지, 나의 능력이 어디까지인지, 내가 잘할 수 있는 일이 무엇인지 자신을 정확하게 알아야 한다. 세월을 잡는 일은 행복한 인생, 성공한 인생을 위한 시작과 끝의 전부다. 노력과 신의 방해가 없다면.

언론의 자유

요즘은 민주화 시대다. 언론자유는 민주주의의 기본 요소이면서도 필수 불가결한 국민의 기본적 권리라 할 수 있다. 하지만 지나침은 모자람과 같다고나 할까?

언론 매체를 통해서 보면 사회 지도층 인사들이 막말을 예사로 한다. 예의라고는 멀리 지구 밖으로 유배를 보낸 것 같다. 감정만 억제하면 부드러우면서도 할 말을 다할 수 있을 터이다. 막말하는 인사는 저속한 말이 아니고는 자기의 의사를 표현할 수 없는 것일까. 국어 표현력이 F학점 인물들인가.

공인들이 막말을 하니까 일반서민들도 막말을 서슴지 않는다. 더 큰 목소리, 더 자극적인 표현을 해야만 남들에게 강한 인상을 심어주고, 똑똑한 사람으로 인식된다고 착각 아닌 착각을 한다. 남을 깔아뭉개야 자신이 높아진다고 생각하는가. 물론 자신이 싫어하는 인물들을 누군가가 비난해 준다면 속이 후련해 질 수도 있다.

현대에는 전임 대통령들은 물론 현직 대통령까지 칭찬하고 존경하는 사람들은 별 말없이 술자리를 지키고 비난하는 이들은 목소리를 높인다. 전임 대통령이나 현직 대통령을 모든 국민들이 다 존경하고 칭찬할 수는 없다. 어떤 이들은 대통령을 이 새끼 저 새끼라고 욕을 하며 술안주로 씹고, 다른 술좌석에 가면 저 대통령을 쌍욕을 하며 좌석을 압도한다.

물론 대통령을 비롯한 장관, 국회의원 등은 공인이다. 국정을 책임지고 있거나 일익을 맡고 있는 분들이다. 국정에 관심 많은 국민으로서 또는 애국하는 마음으로 잘못을 지적하고, 더 잘하라고 채찍질을 하는 것은 좋다. 아예 국정에 무관심하며 자신의 일에만 관심을 가지고 나만 잘 살면 된다는 사람보다는 낫다. 그런 사람이 국가라는 공동체의 일원으로서 가치가 있다.

하지만 국민이 선출한 대통령을 두고 정도를 넘어선 막말과 쌍욕을 하는 것은 아무리 언론의 자유가 있고 자유 대한민국이지만 삼가는 것이 바람직하지 않을까. 물론 국민이 선출한 대통령이라 한들 모든 국민을 다 만족시킬 수는 없다. 역대 모든 대통령들이 국민의 기대를 충족시키지 못한 것도 사실이다. 대통령도 사람이며 인간이다 보니 약점이 있게 마련이다. 실수와 시행착오 또한 범할 수밖에 다른 도리가 없다.

옛날 철권통치 시대에는 말 한마디 못하던 인물들이 제법 목소리를 높인다. 시대가 바뀌었고 권위주의에서 탈피했다고 하여 함부로 말한다는 것은 스스로 자신을 비난하는 것임을 깨달아야 한다. 이것 또한 기회주의자이다. 강자 앞에서는 말 한마디 못하는 사람이 조금 쉬운 상대다 싶으면 아무렇게나 말들을 쏟아내고 행동하는 것과 똑같다.

인간은 환경의 영향을 받고 사회적 분위기에 약하다. 그렇다고 할지라도 자신의 주관과 신념, 그러면서 예의를 지키는 것은 필수다.

영생

현대 과학기술과 의학의 발전으로 인간의 수명은 자꾸만 연장되어 간다. 이런 식으로 계속된다면 인간의 수명이 얼마나 될지 아무도 예측할 수 없다. 심지어 일부 의사들은 영생도 가능하다고 주장한다. 다만 의학기술의 발달만으로 영생이 가능하다는 데에는 의문이 간다. 인간은 누구나 장수하고 싶어 한다.

다만 연명만 하는 것이 아니라 건강을 유지하면서 말이다. 건강하게 장수하고 싶은 마음에서 불로초를 찾아 무궁한 노력을 해왔으며 지구 곳곳을 누비기도 하였다.

인간의 가장 큰 소망 중의 하나인 장수를 위해 편안한 마음을 가지는 것이 중요하다. 마음을 잘 다스려야 건강을 유지하고 오래 산다는 뜻이다. 그렇지 않으면 백약이 다 소용이 없다.

사람의 몸은 모두 자연의 물질로 구성되어 있다. 심지어 생각이나 영혼마저도 자연 속에 있으며 그 기운을 흡수하면 자연적인 수명대로 영생할 수 있을 것이다. 문제는 대자연의 정기를 얼마나 많이, 그리고 지속적으로 흡수할 수 있느냐 하는 것이다. 그것도 맑고 밝은 깨끗한 기운을 말이다.

모든 것을 다 버리고 가장 순수한 자세로 자연을 대한다면 그 기운을 많이 받을 수 있다. 대자연의 순수기운은 모든 생명의 근원이자 만물의 본질이다. 이것을 계속해서 흡수한다면 영생할 수 있으리라.

순수한 마음을 갖는다는 것은 사리사욕을 버리고 태초의 인간 본성으로 돌아가 순수물질 자체를 배양하며 고요한 마음을 유지한다는 뜻이다. 오직 양심에 따라 생활한다면 모든 인간이 영생을 이룰 수는 없을지라도 건강을 유지할 수 있다. 순수물질을 많이 소유하고 배양한 자는 영생이 가능할지도 모른다. 정도의 차이는 있겠지만 모든 만물은 순수물질을 어느 정도 소유하고 있다.

예의

지방자치가 이제는 안정 국면에 접어들었다. 주민들 또한 성숙한 시민으로 거듭나고 있다. 그동안 기관장들의 비리도 많았고 의원들 또한 여러 가지 문제점을 노출하였다. 그러나 지방자치는 민주주의를 위한 초석이 되었다. 자기 고장의 발전을 위하여 또한 지방 실정에 적합한 정책을 수립하고, 집행하는 그야말로 맞춤형 행정이라 할 수 있다.

그런데 후보들은 민심을 얻기 위하여 또는 재선을 위해 모든 방법을 강구하고 있다. 시민의 의식 수준을 잘못 판단하여 낭패를 당하는 경우도 있는 것 같다. 성숙한 시민임을 망각하고 자신의 이익을 위해 기본적인 예의도 지키지 않은 사례가 드러났다.

오래된 과거의 일이다. 어느 지방의 광역 단체장은 표를 의식하여 축구동호회에 참석하느라 자리를 비웠다. 중앙의 주무부서인 행자부장관이 방문했으나 단체장을 만나지 못하고 귀경하는 경우도 있었다. 자기 자신의 정치력을 과시했는지는 모르겠으나 공무를 저버렸고 예의에도 어긋나는 일을 저질렀다.

선출직 공무원들이 표를 의식하는 것은 당연지사이다. 성숙한 시민들은 장관이 누구를 만나러 지방까지 방문했으며 누구와 의논하려 했는지를 너무나 잘 안다. 물론 그 단체장은 재선에 실패하였다.

선출직 공무원인 경우 인기에 영합하여 몇 십 표를 의식하는 것보다 더 큰 안목을 기르는 것이 낫다. 깊이 생각하고 행동하는 이가 진실로 국민을 위한 일이고 국민에 의한, 국민의 정치라는 것을 유권자도 잘 알고 있다. 전체의 이익과 미래를 대비하는 것이 유권자에 대한 예의이자 의무이다. 바른 정치인에게 표를 던지는 현명한 시민이 되어야 한다.

이상과 현실

이상과 현실의 조화는 우리가 추구해야할 과제이다. 부단한 노력과 신념이 있어야 가능하며 현실을 직시하는 혜안과 행동으로 실천할 수 있는 용기가 필요하다. 그리고 조금 더 나은 방향으로 가고자 하는 의지가 합쳐야만 현실과 이상의 조화를 이룰 수 있다.

그러나 이상 없는 현실에만 충실하다 보면 배부른 돼지와 다를 바 없다. 이상만 있고 현실을 직시하지 못하면 이것은 공허한 메아리에 지나지 않는다. 현실이 아무리 어렵고 힘들다 하더라도 이상의 끈은 놓아서는 안 된다. 희망을 가지고 한 발 한 발 다가가야 한다. 이상을 향한 항해는 멈추지 말고 폭풍우 속에서도 계속되어야 한다.

이 발걸음들이 이상향에 도달했다면 우리의 인생길은 험난하고 고되지는 않을지라도 희망이 없으며 성취감도 더 이상 존재하지 않을 것이다. 우리의 이상을 향한 모험도 끝나게 되며 인간 삶의 목표나 목적도 상실하게 될 것이다.

모든 것이 이상적이라면 동물적 욕망만이 고개를 들게 된다. 이상을 향해 조금씩 성취하는 삶이 행복이다. 개인의 삶이나 국가의 운명도 조금씩 앞으로 나아가는 것만이 우리의 목표이다. 우리가 이상향에 도달했다고 느꼈다면 또 다른 이상을 위한 목표를 새로 정립해야 한다.

인간은 영원히 이상향에 도달할 수 없을지 모른다. 단지 끝없는 노력을 통해 비슷한 곳은 도달할 수도 있다. 개인의 육신과 정신이 건강하다면 어느 정도는 이상적이라고 말할 수 있다. 현실과 이상이 조화된 상태라고도 할 수 있다. 그러나 육신은 건강하나 정신이 건강하지 못하다면 아무리 돈이 많고 권력이 있다 하여도 이것은 바람직하지 못하다.

오히려 세상에 악의 씨앗을 뿌릴 수 있다. 세상 사람들을 힘들게 하고 자기 자신조차도 파멸의 구렁텅이로 몰고 갈 수 있다. 육신이 현실적이라고 한다면 정신은 이상적이라고도 말할 수 있다. 반대로 육신은 허약하나 정신이 맑고 밝아서 건강하고 육체적 현실을 잘 파악하여 행동한다면 세상 사람들은 그를 두고 아까운 사람, 본보기가 되는 사람, 건강한 정신만으로도 세상을 구할 수 있는 사람이라고 말할 것이다. 그러나 육신이 건강하지 못하다면 자신의 행복과 현실적 어려움이라는 한계가 있다.

육신의 건강을 위해서는 운동이 소금과 빛이 될 수 있다. 정신의 건강을 위해서는 독서와 성인들의 말씀을 실행하게 된다. 이 둘의 조화가 이상과 현실의 조화라 해도 틀린 말은 아닐 것이다. 육신도 허약하고 정신도 허약한 사람은 자신의 입장에서는 불우하다고도 할 수 있겠지만 사회적, 국가적 입장에서 볼 때 꼭 필요한 사람이다. 배려와 공감을 요구하나 세상에 큰 위해는 되지 않는다.

그러나 육신은 건강하나 정신이 건강하지 못한 이는 작게는 사회를 오염시키는 자이며 크게는 세계를 위협하는 암적 존재가 될 수 있다. 마찬가지로 물질적 선진국과 정신적 선진국은 인류를 위해 수많은 공헌을 할 수 있으며 인류를 위기에서도 구할 수 있다.

물질문명은 발달하지 못해도 건강한 정신을 가진 국가와 민족은 인류의 정신적 지도자가 될 수 있고 부러움과 존경을 받을 수 있다. 하지만 물질문명은 발달했으나 정신이 썩은 민족은 전 인류를 더럽히고 세상을 오염시키는 병원균이다. 사람을 개나 돼지로 만드는 암적 존재이다. 현실이 아무리 오염되고 추잡하다 할지언정 이상을 저버려서는 안 된다. 현실과 이상이 조화를 이룰 때 아름다운 세상이 될 수 있다.

일관성

일관성이란 처음 시작할 때와 중간지점, 마무리까지 흔들림 없이 처음 그대로의 마음가짐과 행동을 보여주는 것이라 말할 수 있다. 또한 상대방이 나에게 해주기를 바라는 대로 내가 상대방에게 해주는 것 또한 일관성이라 할 수 있다. 구체적으로 말하자면 내가 어렵고 힘들 때 친지 친구들에게 바랐던 대로 내가 성공했을 때 지인들에게 그대로 되갚아주는 것이다. 내가 자식들에게 효도를 바라는 만큼 부모에게 효도로써 모시는 것도 일관성이리라.

내가 사회 지도층들에게 바라는 만큼 지도자들이 체면과 위신을 충분히 세울 수 있을 만큼 경제적 여건을 마련해 주어야 한다. 일반인으로서는 할 수 없는 제일 먼저 인류를 생각하고, 국가와 사회, 가족, 맨 나중에 본인의 이익을 챙겨야 한다. 이것이 일관성 있는 태도라 할 수 있다.

성인이 아니더라도 양심을 가진 평범한 사람도 성스러운 행동을 하여 남에게 존경을 받을 수 있다. 어진 사람들이 많을 때 군자의 나라 대한민국이 될 수 있을 것이다. 무엇보다도 뿌리가 중요하다. 뿌리는 흙에 묻혀있어 잘 보이지 않지만 모든 사물의 근거가 된다. 쉽게 드러나지 않아도 어떤 여건을 맞이하여 인격적 기초를 잘 다듬어 주면 훌륭한 인재가 된다. 겉으로 드러나는 외관보다는 내실을 다질 수 있어야 한다.

외관만 화려하고 인격에 결함이 있으면 형편에 맞지 않는다. 모든 것들이 사상누각이 될 수 있다. 뿌리가 튼튼하다면 당장은 눈에 보이지 않을지라도 참되고 튼튼하며 우람한 거목으로 자랄 것이다. 큰 나무가 나라를 지탱하는 기둥이 된다. 초심을 잃지 말고 시작과 끝을 일관성 있게 유지하는 것이 중요하다.

자유인과 구속인

누구나 자유인이 되고자 한다. 한국인이라면 먼저 '나는 자유인이다'라고 외칠 것이다. 하지만 진실로 자유인이 되려면 모든 구속으로부터 해방되어야 한다. 심지어 법이나 윤리라는 규범으로부터 물리적, 심리적 강제에서도 자유로워야 진정한 자유인이라 할 수 있다.

자유에는 반드시 책임이 따르고 그 책임에는 법적 책임과 도덕적, 윤리적 책임을 져야한다. 이것은 진정한 자유인이 누리는 자유는 아니다. 도덕적, 윤리적, 법적 책임으로부터 자유로우려면 더불어 사는 삶을 추구하지 않으면 안 된다. 그러려면 마음 깊은 곳에서부터 남을 배려해야 한다.

나의 소망이 곧 타인의 소망이 되게 하고 타인의 소망도 나의 소망으로 여기는 마음의 상태를 유지해야 한다. 그렇게 되면 법적 구속, 윤리 도덕적 구속으로부터 완전히 자유롭지는 못할지라도 자유인이라고 부를 수 있다. 스스로 자유인이라 자부할 수 있으리라.

공동체라는 것은 사회생활을 한다는 것이다. 남과 자신의 소망을 동일시하지 못하면 법과 윤리라는 공동체의 안전장치가 발동할 수밖에 없다. 안전장치에 의해서 구속이 된다면 진정한 자유인이라 칭하기 어렵다. 물론 인간이라는 유기체는 최초의 인류부터 자신 본위로 생활하였을 것이다. 그 유전자는 그대로 자손만대에 전해져 오늘

에까지 전승되었으니 본인 위주로 생각하고 행동하는 것이 윤리적으로 비난받을 일은 아닌 듯하다. 공동체의 존속을 위협하는 행위는 물론 구성원들의 가슴에 상처를 주는 등 타인을 배려하는 마음이 부족하다면 법적 도덕적 책임을 져야하니 자유인이 될 수 없다.

자유인에게는 육체적 구속은 물론이려니와 마음의 구속도 있을 수 없다. 그러나 어떤 상황에서도 마음의 안정을 유지할 수 있을 정도로 몸과 마음을 다스리는 자를 진정 자유인이라 말할 수 있으리라.

정도正道

어떤 길을 걸어야만 옆으로 새지 않고 바른 길로 갈 수 있을까. 또한 구불구불한 길로 가지 않고 바르고 평탄한 인생길을 걸을 수는 없을까. 인간은 누구나 바른 길로만 걸을 수는 없다. 어떤 길이 바른 길인지 잘 알지도 못하며 지름길로만 걷는다고 바른 길이라고 말할 수도 없다. 지름길로 가든, 둘러서 가든, 가시밭길로 가든 인생길이라는 것은 끝없는 항해이다.

지름길로 갈 수 있는 사람은 행운을 타고난 사람이라고 말할 수 있다. 반면에 인생의 참 맛은 알 수 없을 것이요, 둘러서 가면 천천히 구경하면서 여유를 가지고 인생길을 걸을 수 있으나 많은 시간이 소요된다. 그렇게 박진감 넘치는 인생길은 아닐 것이다. 가시밭길을 선택하는 사람은 '이런 게 인생이구나' 하고 깨달을 수 있다. 이런 사람이 곧 절망과 고통 속에서도 희망을 찾으며 길을 개척하는 선구자요, 성인군자에 가까운 사람이라 할 수 있겠다.

우리는 어떤 길로 걸어왔으며 어떤 길로 가고 있을까? 어떤 길을 선택하든, 실제로 어떤 길을 걸어왔던, 또한 어떤 길을 걷고 싶든 자신이 결정해야 한다. 빨리 걷든, 뛰어가든, 아니면 주위를 감상하며 천천히 걷든 자신이 정한 목표지점에 골인 해야만 한다. 그래야 인생을 논할 수 있다. 그냥 바람 부는 대로 물결치는 대로 조용히 살았다면 그는 인생길을 걸은 것이 아니고 시간만 낭비한 셈이다. 교수대 위의 사형수가 죽음을 향해 한 발 한 발 다가가는 것과 다를 바 없다.

인생길의 목표를 정확하게 규정한다는 것은 무척 어려운 일이다. 적어도 가정을 위한답시고 사기나 절도, 폭리 등 비윤리적이거나 범죄행위를 해서는 안 된다. 회사를 위한답시고 근로자들을 착취하고 경쟁사의 기밀을 훔치는 행위를 하는 것도 용납할 수 없다. 민족과 국가를 위한답시고 나치즘, 파시즘 제국주의 길로 나서는 등 인류의 본성을 어기고 극단적이고 이기적인 발상과 욕망을 극복해야 한다.

인간은 누구나 살아가는 방법이 다르고 목표도 다르다. 어떻게 살아갈지에 대해서는 어느 누구도 간섭할 수 없을 것 같다. 그러나 사회문화가 있고 어떤 집단에 소속 되어 있으면 그 문화의 동질성을 찾아야 한다. 이질적이고 융합될 수 없는 사고나 행동을 가진 이는 집단생활을 할 수 없다.

정말 자신의 신념과 소신이 바르다고 생각했으면 소신대로 살 것이요, 단지 취향과 욕망이 소속 문화와 다르다면 집단의 문화와 융합되도록 행동해야만 사회가 유지될 수 있다. 사람은 개인마다 사고와 생각이 다를 수밖에 없다. 개인이 모여 사회를 이룬다.

개인의 자유는 매우 중요하다. 그러나 단체나 사회를 유지하기 위해서는 개인의 이익과 사회의 이익이 충돌할 때가 있다. 개인은 한 사람이니 바꾸기 쉽다. 개인의 이익을 양보하여 사회가 원활하게 유지되도록 하는 게 정도이지 싶다. 즉 개인은 자신이 양보할 수 있는 한도를 최대한 확대하고 사회나 단체는 개인의 이익을 최소한 침해하는 것으로 조화를 이루지 않으면 안 된다.

정신과 신체

정신은 신체를 통해서만 인지할 수 있다. 신체의 눈이 보고, 귀로 들으며 몸으로 느낀다. 코로 냄새를 맡는 등 신체를 통해서 사물을 인식할 수 있다. 신체가 정신보다도 더 중요하거나 대등하다고 할 수도 있다.

그러나 신체가 느끼는 고통과 환희, 괴로움과 즐거움 등 오욕칠정이 정신 상태에 따라 달라지고 눈으로 보는 아름다움이나 추함 또한 생각하기에 따라 달라진다. 냄새, 느낌, 소리 등도 마음먹기에 따라서는 얼마든지 긍정 혹은 부정으로 다가온다.

신체 속에 있는 영혼이 육체를 지배할 수 있다. 모든 것은 마음먹기에 따라 결과가 180도 달라질 수도 있다. 똑같은 결과라 하더라도 느낌이나 행복감, 분노와 증오, 기쁨 등이 다르다. 그러나 신체와 정신은 서로 영향을 주고받는다.

신체가 건강하고 활기차면 매사에 자신감을 갖게 되고 긍정적이며 두려운 마음도 적어진다. 만약 신체가 건강치 못하면 자신감이 떨어져 만사가 귀찮고 소극적이 되기 쉽다. 신체의 상태에 따라 정신의 컨디션이 달라지는 것은 당연하다.

그러면 신체 중의 두뇌와 영혼은 어떤 관계일까. 몸은 영혼의 집이다. 뇌가 죽으면 영혼은 떠난다. 영혼 없는 육신은 없다. 그러나 육신 없는 영혼은 존재한다. 육신이 있으면 영혼은 자연스레 찾아온다.

자신의 정체성은 정신이라는 마음 곧 영혼에 있다. 영혼과 정신의 관계에서 영혼은 정신의 집이다. 즉 영혼은 물질과 정신의 중간물질이다. 영혼이 정신을 안고 있는 격이다. 아무리 훌륭한 영혼이라 하더라도 정신을 잘못 받아들이면 그 영혼은 괴로움과 고통을 느낄 수밖에 없다. 그래서 훌륭한 영혼의 소유자는 훌륭하고 지혜로운 정신을 받아들인다.

정신이란 무엇인가. 우리가 생각하는 무엇이다. 이 정신은 우주가 처음 창조될 때의 순수물질이다. 다시 말하면 만물의 근원물질이고 순수 양심이며 아무 불순물이 없는 상태의 물질이다. 세월이 흐르면서 본래부터 있던 어둠의 물질과 접촉하여 선악이 서로 섞여있는 3차원의 물질이 생각하는 물질이다. 그러니 항상 양심이라는 태양빛으로 어둠을 몰아내지 않으면 순수물질은 어둠의 물질, 즉 유혹을 이겨낼 수 없다. 그래서 선악이 공존한다.

즉 밝은 빛인 순수물질이 조금이라도 약해지면 어둠의 물질이 시나브로 찾아온다. 그렇게 되면 자신도 모르는 사이 생각 속에 선악이 공존하게 된다. 순수물질 주위에는 어둠의 물질로 가득 차 있다. 언제나 양심이라는 순수물질로 주위를 밝게 비추어 주어야 어둠이 접근하지 못하고 정신이 순수해진다.

존중

인간은 누구나 타인으로부터 인정받고 존중해 주기를 바란다. 아예 너무 큰 상대, 너무 높고 먼 대상에게서는 존중받지 못하더라도 마음의 상처를 받지 않는다. 그렇지만 주위의 평범한 사람들, 특히 가족을 비롯한 친밀한 사람들로부터 무시를 당하면 참지 못한다. 소외를 당할 때 느끼는 감정은 분노와 억울한 기분을 제어하기 힘들다.

요즘 매스컴을 비롯하여 세인들의 화두는 갑질이다. 모두가 갑질 없는 세상에 살기를 원한다. 갑인 사람도 언제까지나 갑일 수만은 없다. 본인은 갑으로서 인생을 산다 할지라도 그 후손들까지 모두 갑으로 살 수는 없다.

만일 내가 을로 태어났다면 조금 뒤떨어진 사람으로 여길 것이다. 능력이 부족한 사람이라고 한번쯤 고민한 사람이라면 결코 갑질을 할 수 없다. 자신이 존중받기를 원한다면 상대를 존중해야한다. 아무리 못나고 어리석은 사람일지라도 자신을 존중해주고 사랑해준다는 사실은 알고 있으며 겉으로는 큰 힘 앞에 복종을 하여도 그의 마음속에는 오히려 경멸과 분노로 가득 찰 것이다.

아무리 못나고 어리석은 사람일지라도 인간의 기본권은 있으며 범죄자라 할지라도 사람으로서의 인권은 있다. 갑인 사람이 갑질을 하면 돈 앞에 인사를 하는 것 같아 고개를 숙이지 않는다는 사람도 있다. 자신을 위로하고 높은 직위, 큰 권세를 가진 자 앞에서 고개를 숙이더라도 마음속에서는 '두고 보자. 당신이 평범한 자연인이 되었을 때 나한테 큰 모욕을 당하리라. 이렇게 되뇌는 경우도 있을 수 있다.

역지사지란 말이 있듯이 남의 입장만이 아니라 내가 저런 사람으로 태어났더라면 어떻게 대처할까. 한번쯤 고민한 사람은 어느 누구라도 이해할 수 있을 것이다. 비록 용서는 못하더라도 그에게 깊은 연민을 느낄 수도 있다. 자신의 의지와 노력과는 상관없이 하는 일마다 실패를 하는 사회의 열등인이 있다. 그에게는 우리 모두 따뜻한 관심과 배려가 필요하다.

선천적으로 사회에 적응하지 못하는 도박꾼, 마약 중독자, 범죄자와 게으름뱅이 등 우리 사회에서 멀리하고 싶은 이들이 있다. 사회에서 인정받지 못하는 사람일지라도 먼저 손을 내밀어야 한다. 자신이 저런 인간으로 태어나 비열한 행위를 했다고 가정해 보면 남들이 어떤 평가를 하겠는가. 물론 벌을 달게 받겠다고 대답하는 이도 많을 것이다. 하지만 꼭 죄를 묻고 싶거든 이런 사람으로 태어나게 한 조물주에게 따져라.

그래서 유명한 법언처럼 죄는 미워하되 사람은 미워하지 말고 이해해 주라고 했다. 용서하는 것과 이해하는 것은 별개다. 사회를 유지하기 위해서는 개인 차원에서는 이해와 용서가 되어도 사회와 국가 인류의 차원에서는 용서와 이해할 수 없는 경우도 있다. 사회 질서를 유지하고 공동생활을 유지하기 위해서는 용서가 아니라 처벌이 따르는 경우가 꼭 필요하다.

지혜

지혜롭게 살고 슬기롭게 행동하기란 정말 어렵다. 무엇이 지혜로운지 정의하기도 쉽지 않다. 시대 상황에 따라 다르다. 우선 현시점, 현시대에는 맞는 것 같아도 먼 미래나 앞으로의 가치관을 예측하지 못한다면 지혜로운 삶이라 이야기하기 어렵다.

한 개인으로서는 칭찬을 받으면서도 동시에 자신의 실리를 챙길 수 있으면 지혜로운 자라 말할 수 있을 것이다. 그러기 위해서는 우선은 조금 손해를 보아야 하고 약간은 어리석은 듯 행동하며 남을 칭찬해주는 것이 좋다.

자신은 다 알고 있으면서도 남에게 기회를 주며 똑똑한 체 하는 것보다는 남을 편하게 해주는 것이 낫다. 겸손이야말로 인간관계는 물론 앞으로의 사회생활, 가정생활, 그리고 타인에게도 도움이 된다. 자신이 먼저 겸손해야 세상의 스트레스도 미연에 방지할 수 있는 지혜로운 자의 행동이라 말할 수 있으리라.

지혜를 얻으려면 남의 도움을 받아야 한다. 선현들의 책에서도 얻을 수 있으며 일상생활을 하면서도 무엇이든 예사로 보지 말고 유심히 관찰하고 어떤 사소한 이야기도 귀담아들어 마음속에 새겨두면 유용하게 쓸 때가 반드시 찾아온다.

지혜도 구하는 자에게 찾아오며 아무리 하찮은 인간, 혹은 어린아

이의 행동에서도 지혜를 구할 수 있다. 물론 공부 많이 한 학자나 사회 저명인사 혹은 정치인, 고위 공무원, 기업인과 언론인 등 우선 사회적 지위가 높은 사람이 많은 지혜를 품고 있겠지만 평범한 이들에게도 훌륭한 생각이나 기발한 아이디어, 감탄을 자아내는 행동들을 보여 줄 때가 종종 있다.

문제도 많고 난제도 많은 우리의 현실에 비추어 볼 때 국민 모두의 지혜를 모아야 할 필요성이 있다. 아주 훌륭한 지혜도 누군가 알아주지 않는다면 술자리의 이야기밖에 되지 않는다. 정작 지혜 있는 자는 말을 아끼며 자신의 지혜를 숨긴다.

지혜를 모으는 제도적 장치를 마련해야 한다. 꼭 정부 공무원이 할 필요는 없으며 사회봉사 단체나 시민 단체 혹은 이익 단체 등이 국민의 지혜를 모으는 저장고 역할을 할 수 있다. 어떤 분야를 불문하고 지혜로운 정책, 아이디어를 제공하는 이에게는 정당한 보상규정을 신설하여 보상해주어야 한다. 또한 국민 모두가 지혜 있는 사람으로 인정하는 이에게는 현행 법규에 구속되지 말고 그의 능력을 발휘할 기회를 주는 방안도 있다. 국민의 지혜를 사장시키지 않고 국가와 인류를 위한 길임을 우리 모두 생각해볼 필요가 있다.

슬기로운 자는 지혜로운 자를 잘 안다. 슬기로운 자는 자신을 알아주지 않는 자를 위해서는 지혜를 빌려주지 않는 법이다.

차원의 세계

차원이란 격이 다르다고 말할 수 있다. 마치 계단처럼 단계가 있으나 현상이 조금 다르다고 다른 차원이라고는 말하지 않는다. 어떤 경계를 넘어서야만 차원이라고 말할 수 있다,

양심에 대하여 알아보자. 1차원의 양심이라면 순수양심 그 자체를 말한다. 2차원의 양심은 지금 살아가고 있는 현실세계의 양심에 기반을 둔 양심이라 말할 수 있다. 3자원의 양심이란 우리가 지향하고 추구하는 세계이다. 노력하고 정진한다면 달성할 수 있다. 우리가 흔히 양심이라 말할 때의 그 양심을 목표로 삼는다고 할 수 있다.

4차원의 양심이란 걸러내고 다듬은 정제된 양심이다. 평범한 사람에게는 기대하지도 요구하지도 않는 경지의 양심이다. 이 경지는 어떤 고통이나 유혹도 양심에는 조금도 영향을 미치지 못한다. 죽고 싶어도 온갖 생물을 위하여 죽을 수 없고, 살고 싶어도 살 수 없으며 아무리 높은 자리도 편치 않다. 전 국민이 부러워하는 어떤 지위나 직책을 갖는다고 하더라도 고통과 고민만 있을 뿐 즐거울 수 없고 고생만이 기다리는 상태이다. 다시 태어난다고 하여도 기꺼이 똑같은 인생길을 걸어갈 수밖에 없는 양심이다.

인간에 대하여 논한다면 1차원의 인간이란 자신을 본위로 생각하면서도 세상을 구하고자 노력하면 평범한 사람들도 도달할 수 있는

경지이다. 성인군자의 경우도 마찬가지다.

○1차원의 인간은 완벽하고 실수도 없으며 잘못도 없다. 그의 말이 곧 진리이고 법이며 모든 것의 시작이다. 인간이 상상할 수 있는 완벽한 하느님의 경지에 이른 사람이다.

–1차원의 인간은 남을 위해서 일하고 봉사하며 희생정신으로 무장된 그야말로 상상속의 인간이다. 양심을 속이지 않으며 세상의 모든 일을 다 알면서도 속아주고 충분한 힘과 능력이 있으면서도 져 주는 사람이다. 언제나 본인보다 남을 먼저 배려하는 사람이다. 심지어 남을 위해 목숨도 바친다. 세상 사람들이 말하기를 어리석은 인간이라고 한다.

남기고 가는 것과 가지고 가는 것

무엇을 남기고 죽을 것인가. 대부분의 사람들은 자손과 얼마만의 재산 그리고 개인의 역사를 남기고 간다. 사랑하는 사람을 남겨두고 아쉬움과 후회를 하면서 조금 더 인간답게 살았더라면 하는 생각을 할 것이다. 인생이라는 큰 틀을 바라보면서 다시 태어난다면 멋진 인생길을 걷겠다고 다짐해 볼지도 모른다. 무엇보다도 지인들에게 아름다운 향기로 남느냐 아니면 삼년 묵은 체증이 내려가는 것처럼 시원함을 남기고 가느냐 이런 것도 생각해야 한다.

아름다운 이름, 또는 추악한 이름으로 남는 것은 가족과 이웃, 사회와 국가, 인류의 손에 달렸다. 고인이 원한다고 되는 일이 아니다. 많은 재산과 사회적 지위, 권력을 누렸다고 묘비명에 새긴들 무슨 소용이 있겠는가.

무엇을 가져가는가. '공수래공수거' 빈손으로 왔다가 빈손으로 간다고 하지만 엄청난 돈, 높은 지위, 권력과 명예 등 모든 사람들이 이승에서 추구하는 것들도 죽음으로 끝이 난다. 어떻게 살아왔느냐, 세상 사람들이 아무도 알려고도 알아주지도 않은 인생길을 걸었지만 명계의 세상에는 다 가지고 간다. 모든 종교의 가르침이 그러하듯 저승의 심판관들은 사생활뿐만 아니라 모든 행위를 종합하여 심판한다. 물론 인간이라는 불완전한 존재에게 신처럼 완벽을 요구하지도 않을뿐더러 완벽한 삶이란 불가능한 일이다.

자신의 운명이 준 한계 내에서, 인간의 능력 내에서 다시 태어나도 똑같은 길을 걷겠다고 하는 사람도 있을 것이다. 자신이 자랑스러운 사람은 한판의 인생을 명계의 세계에서도 자랑스럽게 가져갈 수 있을 것이다.

제6부

아픔을 딛고 다시 희망을 향해

돈

돈 돈 돈. 돈은 우리에게 너무나 소중한 존재이다. 살아가려면 돈은 필수 불가결한 요소이다. 한때는 돈은 추하고 더럽다는 말도 있었지만 잘만 이용하고 정당하게 번다면 우리 몸의 피 같은 존재이다. 피와 같이 잘 돌아 동맥경화에 걸리는 일 없이 누구에게나 골고루 돌아야 한다. 누구라도 열심히 일하고 성실하다면 고르게 분배될 것이다.

뭐니 뭐니 해도 역시 머니money이다. '새는 모이 때문에 죽고 사람은 돈 때문에 목숨을 잃는다'는 말도 있다. 또한 '돈이면 귀신도 부린다'는 말도 있다. '개같이 벌어서 정승같이 쓰라' 는 말과 '돈 버는 자랑 말고 돈 쓰는 자랑하라' 등 돈에 관련된 속담과 격언이 많다. 우리 일상에서 꼭 필요한 것이 돈이고 그런 만큼 정당하게 벌어서 값지게 쓰라는 말이리라.

이처럼 돈은 소중한 것이며 황금의 위력은 날이 갈수록 그 위세를 더해가고 있다. 어린이나 노인, 부자나 거지도 모두 돈을 사랑한다. 우리 모두는 돈을 벌기 위하여 새벽부터 밤늦게까지 일을 한다. 일요일도 잊은 채 동분서주한다. 돈 벌기와 밥벌이하기가 그만큼 힘이 든다. 큰돈을 벌든 푼돈을 벌든 돈벌이는 쉽지 않다. 모욕감과 굴욕감을 견디며 심지어 생명의 위험을 무릅쓰고 밥벌이에 나선다.

많은 사람들이 직장생활을 하면서 스트레스를 받는다. 술좌석에서는 사장과 상사 등을 안주로 삼아 욕도 하면서 직장생활을 한다. 모 씨는 사장이란 칭호를 받을 수 있는 사람은 그만한 인격을 갖춘 분이어야 한다고 했다. 인격이 부족한 사장 앞에서는 돈한테 인사하는 것 같고 사람한테 인사하는 것 같지 않다고 했다.

돈이 사장이고 상사이지 사람은 오히려 부하직원의 인격보다 못하고 아래라고 생각한다는 것이다. 진심으로 존경받을 수 있는 사장이 되려면 갑질을 그만두어야 한다. 배려라는 단어만 간직한다면 돈버는 일이 즐겁지 않겠는가. 국가적, 사회적 민주화도 필요하지만 가정의 민주화, 소집단이나 소기업에서의 상사와 부하직원 간의 민주화도 중요하다. 물론 선임과 후임의 민주화를 위해서는 책임자나 사장의 의지가 매우 중요하다.

무시당하지 않기 위해 의도적으로 거칠어지는 직장생활은 싫고, 약하고 유순한 자가 돈 버는 일이 즐겁고 신나려면 직장에서의 진정한 민주화가 절실하다. 법으로 규제할 수 없는 보이지 않은 갑질을 예방하고 돈 버는 일이 소중하고 평생 흐뭇한 기억으로 남으려면 회사 책임자인 사장이 윤리의식을 바로 세우는 일에 앞장서야 한다.

이렇게 되면 3D업종도 기피하는 일이 적어지고 적성에 맞는 사람들은 오히려 선호하게 된다.

돈은 피와 같다

피는 돌고 돌아 인체의 모든 곳을 골고루 흐른다. 돈도 돌고 돌아 모든 사람들에게 골고루 분배되고 막히는 곳이 없어야 한다. 피가 부족하면 빈혈이 오며 심지어 생존 자체가 어렵게 된다. 돈도 부족하면 여러 가지 어려움을 겪으며 국가경제가 휘청거릴 수도 있다. 개인도 생활고와 빈곤으로 고통을 당할 수 있다.

피는 한도 이상 존재하지 않듯이 돈도 자신의 그릇에 넘치게 소유할 수 없다. 아무리 돈을 벌려고 노력해도 한도 이상은 모을 수가 없다. 대부분의 사람들은 생존에 필요한 피를 소유하고 있으며 새로운 피를 만들고 흐려진 피는 버린다. 돈도 생활에 필요한 만큼 소유하고 있으며 적거나 많을 때가 있으며 계속 수입은 있다.

나쁜 피를 타인에게 나눠주어서는 안 된다. 남을 돕는 게 아니라 망치게 할 수도 있다. 돈에서도 검은 돈, 악행으로 번 돈을 나눠주면 우선은 도움이 될지 몰라도 장기적으로는 사회를 멍들게 하고 받은 사람도 후회하게 된다.

나쁜 피를 생성하는 것은 인체에 전혀 도움이 안 되며 건강을 해치게 되듯이 정당하지 못한 돈을 소유하거나 나쁜 짓을 하여 돈을 모으면 결국 철장 신세를 진다. 생의 마지막에 가서는 후회의 눈물을 흘릴 것이다.

아무리 건강한 피라도 너무 많이 헌혈하면 생명의 위험이 있다. 상당한 고통이 유발할 수도 있다. 돈도 너무 많이 기부하면 생활에 고통을 야기하며 나중에 후회할지도 모른다. 그렇다. 돈은 인간에게 피와 같은 존재다. 적당히 기부하고 소비하면 다시 새로운 돈으로 그 자리를 채울 수 있다. 적당히 헌혈하면 새로운 피가 보충되듯이.

자기 능력에 맞게 사회에 환원하고 소비하면 밝고 맑은 사회가 되며 자기 자신 또한 더 깨끗한 재물을 소유할 수 있고 행복한 인생을 영위할 수 있다. 돈은 골고루 분배해야 하고 큰돈이 필요한 곳에는 더 많이 공급해야 한다. 피가 막히면 인체가 썩듯이 돈의 흐름이 원활하지 못하고 고여 있다면 사회가 일부분 장애를 일으킨다.

그 정도가 심하면 몸 전체에 영향을 주며 자칫하면 생명의 위협이 될 수도 있다. 돈도 피와 마찬가지로 고르게 공급되지 못하고 원활히 흐르지 못한다면 개인은 물론 사회와 국가의 건전성에도 막대한 차질을 초래한다. 국가와 사회의 존립에 위협이 될 수도 있다.

피를 잘 돌리려면 혈관과 심장이 튼튼해야 한다. 돈도 잘 돌게 하려면 심장 기능을 하는 정책 결정자가 건강해야 한다. 혈관 역할을 담당하는 주체는 공무원과 사회지도층이라 할 수 있다.

피를 만들어내는 것은 인체의 가장 깊숙이 숨어있는 골수이다. 돈을 생산해내는 것은 이 땅의 주인인 서민들이라 할 수 있다. 서민들은 필히 보호받아야할 존재들이다. 골수가 뼛속에서 보호받듯이.

선악과

성서에서는 아담과 이브가 선악과를 따먹음으로써 눈이 밝아졌고 부끄러움도 생겼으며 원죄를 범하게 되었다고 했다. 인간이 혼자 있을 때에는 선과 악도 없었고 부끄러움도 없었다. 게다가 죄와 선도 구별하지 않았다. 두 명 이상이 모여 사회생활을 영위하게 됨으로써 선과 악의 구별이 생겼고, 부끄러움을 느꼈으며, 죄라는 것을 알게 되었다. 그래서 인간이면 누구나 죄를 범할 수밖에 없는 사회적 존재가 되었다. 이것이 자연의 섭리다.

그러나 노력이 가미되면 불가항력적인 경우를 제외하면 도덕의 죄, 양심의 죄를 극복할 수 있는 존재이다. 인간 존엄의 가치가 있고 행복을 누릴 수 있다.

에덴동산의 중앙에서 자라는 과일나무는 사람의 중앙에 위치한 생식기를 의미한다. 그래서 무분별한 성교를 배제하고 있다. 즉 남녀가 사귀는 것은 하늘의 뜻이나 성교만은 결혼으로 허용된 경우를 제외하고는 금한다. 이브가 아담에게 선악과를 전했다 하는 것은 여자가 꼬리를 치더라도 결혼으로 허용된 경우 외에는 성관계는 바람직한 행위가 아니라는 의미이다.

성욕은 태초 이래로 존재해 왔으며 성범죄 또한 예로부터 근절되지 않는 인류의 영원한 숙제다. 남자가 여자를 좋아하고 여자가 남자를 사랑하는 것은 당연하다. 하지만 위계나 압력, 폭력에 의한 성폭행은 당연히 지탄받아야 마땅하다. 자기 자신의 양심에 물어보면 그 해답이 나올 것이다.

혈기 왕성한 청년들의 성욕은 강하다. 그렇지만 이성에 물어보고 감성에 의존해서는 안 된다. 특히 성에 대해서만은 감성의 요구를 다 들어준다면 패가망신의 지름길임을 잘 알고 있다. 알면서도 실행하지 않으면 모르는 것보다 못하다. 모르고 한 것은 사람들이 어느 정도 이해할 수 있으나 알면서도 실행하지 않으면 원칙적으로 고의성을 면하기 어렵다.

성문화는 사회적 분위기를 주도하는 위치에 있다. 특히 어떤 나라의 고유문화라고 지칭할 때는 대학문화가 그 나라를 대표한다고 해도 무리가 없을 것이다. 지성인들은 지성인답게 사고하고 행동해야 한다. 대학이 단순히 지식만 전수하는 지식인 양성소는 아닐 것이다. 전문지식과 더불어 교양을 쌓음으로써 예의바른 시민, 교양인을 배출하는 학문의 전당이 되어야 한다.

성性

성性이 무너지면 남녀의 성(남성, 여성)이 무너지고, 그러면 성城이 무너지니 모든 것이 끝장이다. 성性을 열면 성城문을 열게 된다. 아군이면 더욱 튼튼하게 성性을 지킬 수 있다. 물론 성城도 굳건하게 보존할 수 있다.

하지만 적이라도 생명은 보존할 수 있게 되니 성문화를 건강하게 하여 자연이 허용한 범위 안에서만 성性을 개방하는 것이 안전하다. 또한 자연이 허용한 것이니 집창촌은 허용하면서도 변칙적인 방법의 사실상 창녀, 창남들의 활동은 금지해야 할 것이다.

그래야만 성性도 지킬 수 있고 성城도 지킬 수 있다. 우리의 행복은 사실상 남녀 간의 사랑에 있다고 해도 과언이 아니다. 누구나 행복할 권리가 있고 누구나 사랑할 권리는 있다. 하지만 변칙적인 방법으로 사랑을 갈구하고 누리려 한다면 이는 신의 뜻도 아니요, 만물의 지배자인 인간이 행할 바는 더욱 아니다.

어릴 적부터 혹은 어른이 되어서도 따뜻한 사랑을 받지 못한 사람들, 특히 이성으로부터 혐오감을 느낀 경험이 있을 때 변칙적인 사랑을 갈구하는 것 같다.

성이라는 것은 생명의 원천이다. 세상 모든 이가 성인군자라 할지라도 자유로울 수 없는 그 무엇이니 가장 소중하게 행하지 않으면 안 된다.

인류의 미래도 따뜻한 사랑이 넘치는 성문화에 달려 있다.

성인과 범인

성인이란 지혜와 덕이 남달라 크고 깊어서 우러러 볼만한 사람이라고 정의할 수 있겠다. 인류를 위해 노력하였으며 자신보다 남을 위해 봉사하였고 희생정신을 가진 사람이다. 우리가 본받을 만한 인격을 갖추었으며 모든 인류의 영원한 스승이라 할 수 있다.

우리 모두의 존경을 받을만한 말씀과 행동을 몸소 실천하여 무한한 신뢰를 심어준 분들이다. 범인은 평범한 보통사람이라고 정의해도 큰 무리는 없겠다. 성인과 범인이 다른 점은 지혜와 학식, 능력의 차이가 아니라 마음가짐의 차이이다. 또한 실천하려는 의지가 있느냐 없느냐의 차이이다.

범인은 법률을 위반하지 않는 한에서 자신의 이익을 위해 실천하며 행복을 추구한다. 그러면서 공익과 조화를 이루어 나간다. 그러나 성인은 자신의 행복보다 만인의 행복을 추구하고 법률을 떠나 윤리적, 도덕적 삶을 영위한다. 필요하다면 법적, 윤리적, 도덕적 의무가 없음에도 불구하고 자신을 희생할 줄 안다.

성인은 자기 자신에 대해서는 엄격한 잣대를 들이대고 타인에게는 관대한 기준을 설정하여 만인을 품에 안으려 한다. 반면에 평범한 사람은 자신이 타인에게 요구하는 정도만큼 남에게 요구한다. 자신과 타인을 동등하게 대우하는 것을 신조로 하는 사람은 범인 중에서도 양심가이다.

이 정도의 요구는 사회지도층에게 요구하는 수준이며 범인은 자기 자신에게는 관대하고 남에게는 엄격한 잣대를 들이댄다. 즉 자신도 똑 같은 상황에서 똑같은 행위를 할지라도 타인이 비도적적, 비양심적, 비윤리적 행위를 하면 참지 못한다. 타인이 하는 행위가 아무런 잘못 없이 정당하더라도 자신의 이익을 침해하거나 자신을 불쾌하게 만들면 비난의 칼날을 세운다. 이것이 서민의 삶이다.

이 차이점만 극복하면 우리도 성인군자가 될 수 있다. 하지만 성인은 자기 자신처럼 행동할 것을 우리에게 요구하지 않으며 자신을 존경해 달라고 바라지도 않는다. 단지 할 수 있는 데까지 언행을 본받으려고 노력해 달라고 한다.

말로만 성인을 존경하고 예의를 다하는 것보다 뜻을 잘 헤아려 말씀 한마디 한마디에 귀 기울여야 한다. 행동 하나 하나에 주의를 기울인다면 이것이 바로 성인을 존경하는 마음이다.

석가, 예수, 공자, 마호메트 등을 모시면서 범인은 자신에게 복을 내려줄 것을 소원한다. 그러나 성인들은 이런 인간에게는 복을 주지 않는다. 말로만 기도를 하고 행동은 다르게 한다면 이것은 성인을 기만하는 행위이다. 성인의 이름을 팔고 스스로 종교를 부정하며 성인을 모욕하는 행위이다.

성인은 평범한 서민들에게 많은 것을 바라지 않는다. 그냥 주어진 삶 속에서 열심히 노력하는 것을 바랄 뿐이다. 자신의 행복을 위해서 타인을 희생시키지 않기를 바랄 뿐이다. 성인과 똑같이 행동하기에는 범인들로서는 무리이다.

성인들은 자기 자신에게는 엄격하고 남에게는 관대하다. 반대로 범인은 남이 하면 불륜이고 자신이 하면 낭만이라는 이중의 잣대를 들이댄다. 이제는 범인도 자신이나 타인에게 똑같은 기준으로 판단한다면 이것이 성인의 뜻이요 이런 사람만이 성인을 존경할 자격이 있다. 그런 사람이 기도하면 복을 내려 줄 것이다. 그렇지 못하면 아무리 기도해도 소용없는 짓이다. 인간답다는 것은 지성과 이성, 오성을 두루 갖추었다는 말이다

군자는 인재를 적재적소에 알맞게 쓴다. 그러나 옳지 못한 정치인과 인사권자들은 공사직을 불문하고 혈연과 지연, 학연 등 연고를 중시한다. 먼 미래를 내다보고 정책을 세우고 시행해야 하는데 유권자를 의식하여 민중에 아부하는 정책을 쓴다.

성직자

우리는 착하고 성실하며 사회를 위해 봉사할 줄 아는 사람을 존경한다. 그 때문에 남에게 존경받으려면 성실하고 착하며 희생정신이 투철해야 한다. 그렇지 못한 사람이 남의 앞에 나서려고 하면 위선자이거나 이중인격자라고 해도 크게 틀린 말은 아닐 것이다. 자신의 본 모습은 감춘 채 가면을 쓰고 세상을 희롱하는 셈이다.

특히 성직자는 많은 신앙인과 일반인들로부터 존경과 선망의 대상이 된다. 성직자는 신앙인이나 일반인 할 것 없이 모든 인류를 천국으로 인도하고 맨 마지막에 자신이 뒤따라가야 한다. 이것이 성직자의 자세이다.

단 한 명이라도 천국에 가지 못한다면 성직자는 먼저 지옥으로 가야한다. 성직자가 지옥으로 가지 않는다면 누가 갈 것인가. 성직자의 본분은 우리를 천국으로 인도하는 데 있을 것이요 천국으로 인도하지 못한 죄 또한 결코 가볍지 않을 것이다. 꼭 성직자가 아니더라도 신앙심이 깊은 사람이라면 자신이 봉사와 희생정신으로 무장하여 맨 나중에 천국으로 가는 것이 바람직하다. 그래야 세인들로부터 존경받는 신앙인의 자세로 비칠 것이다.

성직자나 신앙인이 먼저 천국으로 가고자 한다면 이것은 성인들의 뜻이 아니고 이름을 팔아 자신만을 위하는 이기주의적 발상이다. 이것은 비행기 조종사나 배의 선장, 기차의 기관사가 위급 시 승객들을 안전하게 대피시키고 제일 나중에 탈출해야 하는 이치와 별반 다르지 않다.

운동

운동이 건강에 크게 이바지한다는 사실에 이의를 제기하는 이는 없을 것이다. 한때는 '체력이 국력'이라는 슬로건을 내걸며 강조하기도 했다. 올림픽에서 금메달을 따고 월드컵에서 우승하면 국민의 스트레스를 씻어 줄 수도 있다. 스포츠를 통해 단합하고 정신건강에 크게 기여하는 것은 두말할 여지가 없다.

엘리트 체육보다 더 중요한 것은 개인의 육체적 정신적 건강을 지키는 대중적 체육활동이다. 이제 우리나라도 거의 모든 마을과 공원에 체육시설을 비치하였다. 물론 생활체육관도 많다. 체육시설이 조금 미비하다 하더라도 조깅 등 아무 기구 없이 운동을 하여 건강을 관리할 수 있다.

문제는 하고자 하는 의지와 운동하는 시간을 확보하기 위하여 다른 어떤 시간을 희생시켜야만 하는데 있다. 친구 또는 동료들과 대포 한 잔 하는 시간, 텔레비전 앞에서 연속극 보는 시간 등 하루 24시간은 누구에게나 공평하게 주었다. 어떤 것을 포기하고 운동하는 시간을 확보해야 한다.

거의 모든 사람에게 있어서 건강이 허락하지 않으면 행복을 기대하기 어렵다. 우리는 행복하기 위하여 무언가를 하고, 또 포기해야 한다. 행복은 인생의 최대 목표이기 때문이다. 행복한 인생을 원한다면 운동하는 시간을 아까워해서는 안 된다.

아주 중요한 자리가 아니면 운동을 위해 잦은 술자리는 피하는 것이 좋다. 텔레비전 앞에 있는 시간도 자연적으로 줄어든다. 또한 이렇게 글을 쓰거나 책을 읽을 때 운동하는 시간이 자연적으로 휴식시간이 된다. 나는 보통 오후 8시 30분쯤 운동을 시작하여 9시쯤 마친다. 거의 아내와 함께한다. 날씨가 춥거나 너무 더우면 사실 운동하기 싫다. 하지만 아내와 함께 서로 의지하고 격려하며 발차기, 권투, 뜀박질 등을 하며 기구운동도 가미한다.

170센티미터도 안 되는 키에 70킬로그램의 몸무게로 120에서 130킬로그램의 석물을 지고 산길을 걷는다. 벌써 8년째 하고 있다. 그동안 많은 동료들이 여러 가지 원인으로 회사를 옮겼는데 가장 큰 원인 중 하나가 체력의 고갈과 신체의 부적응이다. 꾸준히 운동을 하고 몸관리를 했더라면 동료들이 이직하는 일은 없었을 것이다. 흔히 육체근로자들은 몸으로 일을 하니까 따로 운동할 필요가 있느냐고 반문하지만 정신노동자와 마찬가지로 운동은 꼭 필요하다.

정신노동을 하는 사람들은 신체의 일부만 사용하므로 몸을 많이 움직이는 운동이 필요하다. 이러한 주장을 거의 모든 사람들이 인정하고 있다. 육체노동자들은 사용하는 근육만 무리하게 하는 경우가 있다. 하기 싫어도 해야 하는 것이 일이므로 운동과 다르다. 운동을 함으로써 뭉친 근육을 풀어주고 상대적으로 적게 사용하는 신체부위를 보강하고 몸의 균형을 유지해 주어야 한다.

내가 8년 동안 중노동을 견디며 건강을 유지할 수 있었던 비결은 운동이다. 하루 약 30분가량 일주일에 4~5일 정도 하고 있다. 하루는 좀 강하게 하루는 조금 약하게 리듬을 가지고 운동을 한다. 너무 욕심 부리지 않고 조금 아쉬움이 남을 정도로 운동을 해야지 무리하면 노동과 같이 몸에 무리가 온다. 그러면 병원도 가야하고 다 나을 때까지 운동을 쉬어야 한다. 운동을 꾸준히 하면 자신감도 생기고 병원 가는 일도 절반 이하로 줄어든다.

건강은 행복의 주춧돌이다.

운명과 선택의 문제

겸손한 사람은 자신의 성공을 운이 좋아서, 신과 조상이 돌보아 주셔서 그렇게 되었다며 운명으로 돌린다. 오만한 사람은 자신의 성공 비결을 혼자만의 노력이라고 자랑한다.

긍정적 사고를 가진 사람은 실패와 고난을 자신의 노력 부족이라 여기고 더 훌륭한 사람으로 거듭나기 위한 밑거름으로 생각한다. 더 많은 경험을 했거나 실패한 사람, 사회적 약자들의 고달픈 인생을 몸소 체험한 사람은 남을 먼저 이해한다. 겸손과 미덕을 갖추고 있어 성공하더라도 교만하지 않고 인격의 성숙을 위한 기회로 여긴다.

부정적 사고를 가진 사람은 운이 없어서 실패한 인생이라고 생각한다. 가난한 집안과 부자 집안, 훌륭한 가문과 비천한 가문, 명석한 두뇌와 둔한 두뇌, 건강한 육신과 허약한 신체, 키 크고 잘 생긴 얼굴과 키 작고 못난 얼굴 등 자신의 의지와 노력에 상관없이 진행된 모든 것들은 운명의 문제이다.

하지만 가난한 집안에서 태어났지만 이를 극복하고 없는 자의 슬픔을 체험함으로써 더 큰 사람으로 태어날 기회를 잡는 것은 스스로 선택의 문제이다. 부자로 태어났지만 교만하지 않고 사회적 약자들을 위해서 봉사하고 베푸는 것 등은 선택의 문제이다.

운명은 어쩔 수 없지만 주어진 조건에서 어떻게 살아가느냐 하는 선택의 문제, 즉 선택할 수 있는 자유의지가 있다는 것은 그 결과에 책임을 지겠다는 뜻이다.

운명이 아무리 힘들고 고달프다 하여도 도전해 볼만하다. 원망도 한번 해 보고 마음을 다잡은 뒤에는 훌륭한 선택을 하게 된다. 어려움을 겪고 난 뒤에는 나름대로 의미 있는 인생, 만족한 인생, 성공한 인생을 살 수 있을 것이다.

위대한 하느님

성경에 의하면 모든 죄의 근원은 하느님이다. 조금은 의아하게 들릴지도 모르겠다. 신이란 완벽하고 전지전능하며 100퍼센트 선한 존재로 인식되고 있으니까. 하지만 사탄도 하느님의 작품이고 에덴동산 중앙에 있는 선악과나무도 하느님이 만들었다. 아담이라는 완벽하지 못한 인간도 하느님이 손수 만들었다.

인류의 조상인 아담에게 모든 죄를 뒤집어씌우고 있는 것은 통치자로서는 유능할지 몰라도 인격의 완성 자와는 거리가 있다. 하지만 하느님은 만물을 창조하셨고 특히 인간에게는 양심을 선물하셨다. 아울러 노력이라는 두 글자를 인간의 가슴에 숨겨 두었다. 하느님의 시험은 신독 즉 누가 보던 안 보던 양심대로 행동하고 양심대로 노력하는 인간을 바란다.

아무리 세상이 어지럽고 모두가 타락했다 하더라도 혼탁한 세상에 물들지 않고 깨끗한 마음을 유지하기를 바란다. 인재를 발굴하기 위해서는 온갖 유혹과 악마의 속임수가 있는 세상을 만들어 놓아야 진정으로 맑은 자, 용기 있는 자, 양심가를 발굴할 수 있을 것이다.

이런 진실한 자를 발굴하면 하느님은 당신의 자리를 물려주실 것이다. 진실로 양심가라면 이 세상에서는 바보라고 할 것이다. 그러나 지혜 있는 자는 모든 사악과 계략과 권모술수를 모두 알고 있으면서도 바르게 행동하는 양심가를 한눈에 알아본다. 진실한 자를 곁에 두고도 어리석은 자로 오해하는 이는 눈을 뜨고 있어도 보지 못하는 시각장애인이다.

밥에는 반찬이 있어야 하고 떡에는 고물이 있어야 제 맛이 난다. 이처럼 진실로 양심가란 하얀 거짓, 즉 악의 없는 거짓 인생과 사회를 더욱 윤택하게 하는 유머 등을 갖추어야 한다. 남을 배려하고 하기 싫은 일도 정성을 다하며, 예의로써 다른 이들을 대한다면 세상에 꼭 필요한 덕목을 고루 갖춘 이라고 할 수 있을 것이다.

우리가 존경하는 선현들은 하느님이 찾고 있던 인간과 비슷하기는 하겠지만 완벽하지는 못했던 것 같다. 그렇지만 현세나 미래의 인간 중에서는 반드시 나타날 것이다. 평소에는 혜안을 가진 이 말고는 찾아내기가 어렵겠지만 인류가 큰 위기를 만날 때 반드시 나타나서 온몸을 바쳐 위기에서 구해 줄 것이다.

위안부 문제와 강제징용 문제

위안부와 강제징용 문제는 과거 정치적 성격이 짙으며 국민감정과 국력과 관계가 있다. 그리고 과거 청산과 새로운 관계의 도약을 위해서 패자 없이 서로 만족할 수 있는 내용의 합의가 필요하다. 서로가 만족할 만한 내용으로 합의가 이루어진다면 지금 당장은 효과가 미미할지 모르겠으나 조금만 시간이 지난다면 진정한 이웃이 될 수 있을 것이다.

진심으로 과거의 잘못을 인정하고 이를 바탕으로 피해자는 억울한 감정을 털어버려야 한다. 서로가 상대를 이해하며 마음속 깊이 의지하는 이웃으로 발전하기 위해서는 반드시 넘어야 할 고개이다.

나는 법률가도 아니고 법조인도 아니다. 그저 평범한 시민에 불과하나 상식적인 선에서 말하고자 한다. 가해자가 범죄를 범했을 경우 피해자와 합의를 한 경우라도 친고죄와 반의사 불벌죄를 제외하고는 처벌을 받아야 한다. 피해자가 처벌을 원하지 않는 경우라 하더라도 범법자는 처벌을 피하기 어렵다. 다만 합의를 하면 참고는 할 것이다.

범법행위는 피해자 본인에 대한 침해는 물론이고 사회와 국가의 이익을 침해하기 때문에 사회적 범죄행위도 된다. 이와 마찬가지로 외국 국가와 개인에 의한 이익 침해도 범죄 행위인 것은 물론이다.

외국을 등에 업고 개인이 범죄행위를 하는 것은 당사자는 물론이고 상대 국가도 방조혐의에서 벗어나지 못할 것이다.

만약 국가 간의 합의로 보상 또는 배상이 이루어졌다고 할지라도 이것은 피해국가에 대한 배상 혹은 보상일 뿐 개인에 대한 이익 침해의 배상이라 보기 힘들다. 피해자가 피해배상권을 국가에 위임하지 않았을 경우에는 문제가 복잡해진다.

인권침해 같은 문제는 피해자가 국가에 손해 배상권을 위임할 수 있는지 의문스럽다. 천부인권天賦人權이라는 말이 있듯이 누구에게 위임할 수 있는 성질이 아니다. 침해에 대한 배상도 누가 대신해 줄 수 있는 성질의 문제가 아니기 때문이다.

개인이 정부를 상대로, 그것도 외국 정부를 상대로 싸운다는 것은 무기의 평등성에서 볼 때 열악할 수밖에 없다. 자국 정부의 지원은 필수적이다. 자국 국가에 의한 인권 침해도 반드시 보상 혹은 배상을 해 주어야 한다. 외국에 의한 혹은 외국을 등에 업고 한 인권침해 역시 공정하고 정당한 보상과 배상이 이루어져야 한다.

진실로 용기 있는 사람은 자신의 잘못을 인정하는 사람이다. 만약 국가도 잘못을 했으면 솔직히 인정해야만 모든 응어리가 풀어지며 새로운 관계가 형성될 것이다.

유산을 아무 것도 상속 받지 않았으면 사과나 보상, 배상도 할 의무가 없다. 모든 재산을 다 물려받고서도 조상들이 빚진 것에 소극적으로만 일관한다면 돌아가신 분들의 뜻과도 다를 것이다. 새로운 관계발전에 걸림돌로만 남을 것이다.

이런 역사적인 문제와 정치적인 문제는 법적으로 대응하기보다 근본적으로 파고들어야 한다. 정치적인 문제도 있으니 한일 양국의 학자들이 합의를 하고 양국 법원에서 판결을 내려야 한다. 그러면 현실성 있는 합리적 판단이 나오지 않을까? 피해자가 생존해 있으니 당사자의 의사 역시 중요하다.

인간의 길

우리는 누구나 남의 딸과 아들, 며느리와 사위들이다. 결혼을 하여 자녀를 두면 누구의 아내와 남편, 아버지와 어머니가 되며 이런 모든 신분을 가져도 늙고 병들면 자식들에게 폐를 끼치게 된다. 너와 나 할 것 없이 우리가 겪는 인생의 길이다. 이 길을 거부해서도 안 되고 거부할 수도 없다.

아무리 인격이 훌륭하거나 인류를 위해서 지대한 공을 세운 사람일지라도 피할 수 없는 생의 과정이다. 물론 힘들고 귀찮지만 거부할 필요는 없다. 우리 조상들이 그랬고 우리도 똑같은 운명을 가지고 있다. 우리의 후손 또한 마찬가지이다. 그러니 시부모를 모시지 않겠다는 며느리는 차라리 결혼하지 말아야 하고 장인 장모님을 잘 모시지 않겠다는 사위 또한 결혼하면 안 된다. 부모 형제를 멀리하여 형제간의 우애를 멀게 하는 남자와 여자도 결혼하지 말라.

뿌리 없는 나무가 없으며 자기 혼자 자란 사람 또한 없다. 주위의 모든 사람들로부터 도움과 영향을 주고받으며 시간을 삼키고 자랐다. 자식을 사랑하지 않은 자는 자식을 두지 말 것이며, 어버이를 잘 모시지 않은 자는 어버이 될 자격도 없다. 자식에게 바라는 대로 어버이에게 행해야 한다. 옛날처럼 무조건적인 복종과 맹종을 요구할 수 있는 시대는 아니다. 자신이 할 수 있는 여건에 따라서 자식

노릇, 아내노릇, 남편노릇, 어버이로서의 도리를 다해야만 인간다운 인간이라 할 수 있겠다.

자신의 가슴에 두 손을 얹고 내가 얼마나 이기적인지, 인간으로서의 도리를 다하고 있는지 성찰이 필요하다. 직장이나 가정, 사회에서 내 편한 대로 생각하고 행동하지는 않았는지 진지하게 사고하고 토론하는 시간도 가져야 한다. 조금은 귀찮지만 남을 얼마나 배려하고 있는지, 남들 위에 서려고 하지는 않았는지, 갑질이라도 하지는 않았는지 가까운 곳에서부터 찾아보는 일이 중요하다. 반성하는 자는 발전이 있고 나만 편하면 된다고 생각하면 끝없는 추락이 있을 뿐이다.

남들이 나를 위해 잘 되기를 축원해 주면 반드시 결과가 좋을 것이고, 남들이 저사람 패망하게 해 달라고 저주를 받으면 당장은 아니더라도 후손까지 미친다고 했다. 육신은 흙으로 사라질지라도 영혼은 남는 법이다. 진정한 자아는 소멸되지 않고 이승이든 저승이든 인과응보가 따르는 법이다.

인류 최대의 발견

발명 발견을 말한다면 일반적으로 과학자들과 탐험가, 모험가들을 연상하기 쉽다. 의학적 발견을 비롯하여 수학적, 물리학적, 생물학적, 화학적 발견 등 다양한 분야에서 인류를 행복하게 하고 생활을 윤택하게 하였다. 고대에서부터 현대에 이르기까지 수많은 노벨상 수상자들을 비롯하여 기념비적인 발견과 발명이 있었다. 불의 발견이나 농업의 시작, 산업혁명, 컴퓨터의 발명, 블랙홀의 발견, 화이트홀의 발견, 상대성 이론, 양자 역학, 만유인력, 신대륙의 발견, 신 존재의 발견 그 중에서 인류최대의 발견 발명을 꼽으라면 어떤 것을 들 수 있을까.

당연히 인재의 발견이라고 말할 수 있다. 이런 기념비적인 발견과 발명을 이룩한 위대한 인재를 발견하고 육성하는 일보다 중요하고 시급한 일은 없다. 진흙 속에서 보석을 찾아내는 혜안과 시스템을 구축하고 보석이 되게끔 가공하는 일이야말로 매우 중요하다. 숨어 있는 재능과 소질을 가진 자를 찾아내 우리가 관심을 가지고 교육이라는 노력과 투자를 아끼지 않아야 한다.

그 중에서도 시간과 공간을 초월하여 진리와 학문적 업적을 남긴 이는 인재 중의 인재라고 말할 수 있다. 우리가 성인, 현자, 위대한 자 등 모든 수식어를 붙여주어도 다 표현할 수 없을 정도의 엄청난 업적을 남긴 사람이기 때문이다.

훌륭한 가장은 돈 잘 벌고 경제적 여유만으로 되는 것이 아니다. 가족들의 소질을 알아내고 가정의 화목을 도모하며 가족 구성원의 재능을 120퍼센트 발휘할 수 있도록 도와주는 사람이야말로 진정 훌륭한 가장이다.

국가도 마찬가지다. 경제만 잘 돌아가고 돈만 잘 벌어 준다고 훌륭한 나라라고 할 수 없다. 중동의 산유국들은 돈은 잘 벌지만 선진국이라 말하는 이 드물다. 영국이 한 때는 세계의 중심국가로 존재했지만 지금은 국력이 많이 약해졌다. 그렇지만 영국을 무시하는 나라는 드물다. 그만큼 민주주의와 인재양성에 큰 업적을 남겼기 때문이다.

어떤 나라이던 경제만 잘한다고 해서 훌륭한 지도자를 두었다고 보기 어렵다. 국민적 통합과 인재를 양성한 지도자라야 존경을 받을 수 있다. 인류의 평화, 문명과 문화의 발전에 기여했을 때 훌륭한 통치자라고 할 수 있다. 상아탑에서 학문을 연구하고 연구실에서 실험과 관찰 등 연구에 몰두해야할 인재들을 거리로 내몬 지도자는 훌륭한 지도자로 보기 어렵다. 분열과 대립을 조장해서도 안 된다.

당장의 먹거리도 중요하지만 국가의 백년대계를 위해서는 인재 양성이 절실하다. 미래를 향한 희망이 있다면 지금의 고통을 감수할 수 있지만 희망이 없는 암울한 현실은 곧 절망이 되고 만다.

또 인류의 장래를 위해 인간본성을 발견하는 일도 중요하다. 본성의 발견이야말로 인간을 인간답게 만들고 번영으로 이끌 것이다. 본성을 되찾는 것은 만물을 사랑하고 인간의 위대함을 증명하는 일이다.

인생의 보람

삶은 어떤 사람에게도 단 한 번 밖에 주어지지 않았다. 생의 마지막에서 인생을 되돌아볼 때 무엇을 위해 살았는지 후회 없는 삶이 중요하다. 보람이 있었다면 웃으면서 마지막을 보낼 수 있으리라. 자식들을 잘 키웠다면 그것으로 보람 있는 일이며 어떤 이에게 도움이 되었다면 그 자체로 행복할 수 있다.

멸사봉공滅私奉公이라는 말처럼 훌륭한 자식을 키워 국가에, 그리고 인류를 위해 바치면 자신의 아들딸이 되는 것보다 전 세계인의 아들딸이 되는 것이다. 이보다 더 큰 보람이 있겠는가.

여러 가지 보람을 지니고 생의 마지막을 맞이할 수 있다. 타인에 의존하지 않고 누구나 노력하면 얻을 수 있는 나름의 일을 찾아야 한다. 인생을 의미 있고 가치 있게 살아야 한다. 우리가 할 수 있는 것 중에서 남에게 봉사하는 일만큼 쉽고도 어려운 일이 또 있을까.

거창하게 말할 필요 없이 자신이 평소에 존경하는 이를 본받고 따르면 된다. 이 길이 어려우면 자신보다 못한 사람 즉 도움이 필요한 사람에게 힘을 보태는 것도 좋다. 조금이라도 도움이 되었다면 이 또한 생의 보람이 아닌가. 가족 중 누군가 도움이 필요한 사람이 있다면 내 몸을 아끼지 말아야 한다. 부모와 자식, 아내와 남편, 형제에게 헌신할 수 있다면 이것만으로도 인생을 헛되지 않게 살았다고 말할 수 있으리라.

소외당한 가족, 몸이 불편한 장애인 가족, 헐벗은 가족들을 찾아 특별히 봉사한다면 그들도 행복을 누릴 수 있을 것이다. 이웃에게도 한번쯤 눈길을 돌려보고 도움이 필요한 친구가 없는지, 마음속으로 경의를 표하고 싶은 친구를 찾는 일도 좋다. 그들에게 힘을 보탤 때 우리는 보람을 느낄 수 있고 자기만족도 채울 수 있다.

어떤 조직체나 직장에서 적응을 못하는 동료에게 먼저 친절을 베풀어 보자. 어떤 조직이든 적응을 못하는 동료가 있게 마련이다. 학교나 회사, 공공단체, 군대 같은 곳에서도 동료와 잘 어울리지 못하는 사람이 있다. 그 동료에게 특별 관심을 가지고 친절을 베푼다면 이것만으로도 생의 보람이 될 수도 있다.

어떤 조직이든 신입사원이 들어오면 낯선 곳이라 어색할 수밖에 없다. 심지어 군기를 잡는다고 엉터리로 가르쳐주는 곳도 있다고 한다. 이런 문화 속에서도 친절을 베푼다면 선배가 얼마나 고맙겠는가. 말로 표현을 안 해도 고마움을 느낄 것이고 그 동료는 나중에 오는 후배들에게 자신이 받은 대로 친절을 베풀 것이다. 군기 잡는 다고 괴로움을 당한 사람은 전통대로 후배들을 괴롭힐 것이 아닌가.

모든 이에게 친절을 베풀 수 있다면 금상첨화이겠지만 사실 몸이 피곤하면 만사가 귀찮은 법이다. 단 한 명만이라도 정하여 특별히 봉사할 수 있는 방법을 찾아보자. 경우에 따라서는 조금 손해 보는 생각도 들겠지만 이것만으로도 직장생활의 보람을 찾을 수 있다. 필요한 누군가에게 도움이 된다는 사실만으로도 기쁨을 누릴 수 있으리라.

인의 장막

인의 장막이라는 말은 역사서에 자주 등장한다. 아첨하는 신하들이 임금을 둘러싸고 눈과 귀를 가려서 충성스런 신하가 바른 말을 하지 못하게 하며 경우에 따라서는 인의 장막을 쳐서 정사를 망치게 한다.

물론 왕이 현명하고 대통령이 유능하다면 인의 장막에 갇힐 일도 없다. 간신배들을 등용하지도 않으며 혹은 잘못 등용하였다 하더라도 국민과의 소통을 통하여 눈과 귀가 멀어지는 경우도 없을 것이다.

흔히 통일 전 동독을 '철의 장막'이라고 불렀다. 왜 철의 장막이라 불렀는지 이유를 정확히 들은 바도 없고 배운 바도 없다. 나름의 생각으로는 베를린 장벽을 일컫는 말인 것 같기도 하고 아니면 독일은 철강공업 분야에서 세계최고 수준이라서 철의 장막이라 부른 것 같기도 하다.

장막이란 가장자리를 둘러싸 외부와 단절하여 투명하지 않은 비밀주의를 유지할 때 쓰는 말인 듯하다. 또한 공산주의 중국은 '죽의 장막'이라 표현했다. 대나무란 꼿꼿한 선비의 지조를 의미한다. 물론 중국에는 대나무가 많아서 이런 표현을 했는지 모른다.

역사적으로 중국은 간신배도 많았지만 애국지사도 많았다. 간신배와 맞서 목숨을 걸고 싸웠으며 선비의 길을 걸어간 이 또한 많았다.

일반 백성들 또한 이름 없이 국가에 몸을 바친 이도 무수히 많았다. 그래서 죽의 장막이라 했을까.

외국인이 우리를 보면 어떤 표현을 할까. 구한말 '은둔의 나라'라고 표현한 외국인이 있었다. 훌륭한 정신을 가진 조상들을 생각하면 저절로 고개가 숙여진다. 한글만 보더라도 가장 과학적이고 체계적이다. 창제 동기를 보면 백성을 위한 마음이 구구절절이 담겨있다. 얼마나 민본적이며 애민정신인가.

조국 근대화 과정에서 국민들의 문맹을 깨고 한글이 근대화의 밑거름이었다고 말하더라도 이의를 제기하는 자 없을 것이다. 한글 외에도 수많은 사례가 있다. 지금까지 우리는 여건상 인재 발굴에 조금 미흡했던 것이 사실이다. 지금부터는 인재 발굴에 적극적으로 참여한다면 그야말로 부정적인 인의 장막이 아니라 긍정적인 인의 장막이 되도록 해야 한다. 훌륭한 인재들이 장막을 만들어 국가를 보위해야 한다.

국민 모두가 자신의 잠재적인 능력을 십분 발휘하여 인류의 복지를 위해 봉사한다면 외국인들은 대한민국을 인재의 나라, 인재들로 가득한 동방예의지국으로 인식할 것이다.

잔머리

대부분의 사람들은 나름대로 머리를 굴리며 살아간다. 어떤 이는 돈이 없어도 돈이 많은 것처럼 행동하고 큰소리를 친다. 없는 사람에게도 돈을 빌려주지 않고 돈 많다고 해도 빼앗아가지 않는다며 자신의 행동을 정당화시키며 잔머리를 굴린다.

돈이 없으면 사람대접 못 받는 것이 오늘날의 우리 현실이다. 돈이 많은 것처럼 보여야 남들한테서 빌리기도 쉽다. 정녕 돈 많은 사람은 돈 자랑하지 않는다. 그저 밥 먹고 살만하다 하면서 위화감도 조성하지 않고 필요할 때 저녁 식사 한 끼 대접하며 친구들과 잘 어울린다.

자신의 노력과 정직하게 일하고 정당하게 돈을 모았으면 큰소리를 쳐도 괜찮겠지만 부동산 투기나 폭리 등 부당한 방법으로 돈을 벌었다면 돈 자랑할 일이 아님을 알고 있는 까닭이다.

잔머리를 굴리고 또 굴리면 원래 자리로 돌아 올 수밖에 없다. 잔머리를 아무리 굴리고 차원을 달리해도 마찬가지다. 마치 100원짜리 동전을 쌓아 탑을 만들어 본들 맨 밑에 있는 것이나 가장 꼭대기에 있는 것도 결국 정직이라는 원래 자리로 돌아 올 수밖에 없다. 결국 정직이 가장 큰 잔머리이다. 정직이 잔머리라면 조연은 침착함이다. 이 침착함이 있어야만 정직할 수 있으며 분노나 절망으로부터 양심을 지킬 수 있다.

나머지는 운명이며 자신을 한 단계 성숙시키는 계기가 되며 신이 부여한 임무이다. 이 임무를 잘 수행하도록 하기 위하여 시련을 준다. 사기나 속임수, 타인의 잔꾀에 당하지 않기 위해서는 90퍼센트의 정직으로 예방할 수 있고 나머지는 침착함이 보조하며 1퍼센트 정도는 운명의 역할이다.

잔꾀를 잘 부리는 사람은 꾀가 많다는 것을 자랑한다. 그러나 현명한 사람은 일을 도모함에 있어서 결코 잔꾀를 부리지 않으며 오히려 어리숙한 체 한다. 자랑하다가 대사를 망칠 수 있고 다른 이들의 경계심을 유발하지 않도록 하기 위해서이다.

조선왕조실록

조선왕조실록은 조선시대 역대 왕들의 언행과 치적 등을 기록한 세계적인 문화유산이다. 즉 기록의 공정성과 정확성이 뛰어난 우리 선조들의 지혜가 고스란히 담겨 있는 사서이다. 동시에 가장 현명한 정치인은 역사를 두려워하고 후인들에게 귀감으로 삼으라는, 그리고 역사를 왜곡해서는 안 된다는 사실을 보여준다.

정확하고 공정하게 기록하기 위하여 삼대가 지나서야 여러 가지 자료들을 토대로 객관적으로 기록하였다. 임금이 보고자 하여도 기록들의 왜곡을 방지하고자 당대에는 사관들이 보여주지 않았다고 한다. 국사 교과서에 따르면 왕조실록이 철종까지만 기록되어 있고 그 이후인 고종, 순종의 실록은 없다.

우리도 조상들의 지혜를 본받아 역대 정권들을 평가할 때 정권이 세 번 바뀌고 나서야 비로소 가능하다. 역사 평가 대상 인물이 영향력을 행사할 수 없을 정도의 세월이 지난 뒤에 자료를 수집하고 기록물들을 정리한다. 잘된 것은 계승 발전시키고 권장하며 잘못된 것은 마땅히 반성하고 타산지석으로 삼는다. 준엄한 역사의 심판을 남겨 후인들에게 전해 주어야 한다.

한 나라의 기록이나 가문의 기록, 개인의 기록이라도 정확하고 공정하지 않으면 가치가 없으며 보존할 필요도 없다. 우리의 근현대사는 정권의 입맛에 따라 이념에 따라 왜곡되거나 과장되게 가르치고 배운 것 같다.

특정인물 특히 우리의 존경과 관심의 대상인 영웅이나 대학자를 소개하고 가르칠 때는 더욱 신중해야 한다. 편견이나 왜곡 없이 공정하게 해야만 비로소 인간의 능력과 한계를 알 수 있다. 후인들도 비슷하게 할 수 있다는, 그리고 역사는 공정하고 두려워해야 한다는 교훈을 얻을 수 있다.

처서

우리나라는 1년을 24절기로 나누었다. 그 중에서 처서는 그렇게 중요하게 인식되지 않고 그저 평범한 절기 중 하나로만 인식되어 왔다. '처서가 지나면 모기 입이 비뚤어지고 가시덤불 밑이 훤해진다'며 본격적인 가을의 시작이라고 알고 있다.

할아버지 할머니들의 말씀에 따르면 땅속에서 찬바람이 올라와 만물, 특히 식물들이 잘 자라지 못하고 한낮에는 여전히 덥지만 아침저녁에는 시원한 바람이 분다고 했다.

곰곰이 생각해보면 하늘과 땅의 기운이 바뀌는 날인 것 같다. 처서를 전후해서 하늘의 뜨거운 기운이 서늘해지고 땅의 시원한 기운이 따뜻해진다. 다시 말하면 처서 전에는 땅속 기운이 시원하고 땅위의 온도계는 펄펄 끓었다. 그런데 처서가 지나면 오히려 땅속이 따뜻해지고 지상의 기운은 서늘한 바람을 데리고 불어온다. 대체로 처서 전후에는 비가 자주 내린다.

우리 인생도 전환점이라는 것이 있다. 어떤 기업을 포함하여 단체나 사회, 국가와 민족 등 세상 모든 것은 처서라는 절기를 맞이할 수밖에 없다. 어떤 정권도 영원할 수 없고 아무리 철권정치, 세뇌교육을 통하여 진실을 호도하여도 처서라는 절기가 반드시 찾아온다. 진실은 소리 없이 모습을 드러내며 역사의 심판대에 오를 수밖에 없다.

자연의 이치는 거부할 수 없으며 우리의 인생 역시 다를 바 없다. 너무 서두르지 말고 너무 느긋해 하지도 말며 순리대로 기다렸다가 때 맞춰 진행해야 한다.